누구나, 이방인

느리고 낯설게,
작가들의 특별한 여행수첩

누구나, 이방인

이혜경

천운영

신해욱

손홍규

조해진

김미월

창비

차
례

오로라를 보았다

천운영

알래스카에 가서 오로라를 보았다.

보았다는 말 외에 다른 말을, 나는 찾을 수가 없었다. 그 어떤 말도 더 보탤 수 없었다. 내 몸의 모든 언어를 다 꺼내봐도 오로라의 언저리에도 못 미치리라는 것을, 그것에 가까워지려 하면 할수록 그것에서 더 멀어지리라는 것을, 오로라를 보는 순간 알았다. 나는 혀를 뽑힌 사람처럼 절망적이었다. 그러니까 알래스카에서 오로라를 보고 왔다며 말문을 터는 일은 자랑이 아니라 고해에 가깝다. 죄를 지었으나 무슨 죄인지는 묻지 말고 그냥 처단하시라, 목을 내미는 일이다.

말이나 꺼내지 말던가. 글을 써서 먹고산다는 사람이 그래서야 되겠나. 말을 뱉었으니 주워 담긴 해야겠지. 그래야겠지. 내가 본 오로라를 말해볼라치면, 아무리 다시 생각하고 또 혀를 굴려봐

ⓒ정지우

알래스카 · 천운영

도, 이건 내 무덤 내가 파는 일. 삽질할 생각만으로도 숨이 막혀온
다. 그렇다면 다른 이야기를 먼저 해야지. 삽질하느라 힘 다 빼기
전에. 그럼 일단 아담 이야기부터.

　알래스카 주노에 아담이 있었으니……

곰과 연어.
그리고 아담의 전설

　　　　　　　곰을 만나고 오겠어. 알래스카로 떠나기 전
에 큰소리쳤더랬다. 곰을 생포해올 기세였다. 알래스카에서는 허
가를 받고 한사람당 곰 한마리를 잡을 수 있다는 건 나중에 알았
다. 알았다고 해서 곰 사냥을 나서지는 않았겠지만. 어쨌든 알래
스카에서 곰을 만나기란 서울에서 길고양이를 만나는 것만큼 쉬
운 일이라고 했고, 하여 나는 알래스카 숲에 들어가 곰을 만나고
오마, 당당히 외쳤다. 전설 때문이었다. 곰이 된 소녀의 전설.

　산딸기를 따러 숲에 갔다가 곰과 결혼하게 된 소녀가 있었다.
곰 남편은 소녀를 위해 밤마다 노래를 불러주었다. 그러던 어느날
소녀를 찾으러 오빠 사냥꾼들이 숲으로 들어왔다. 곰 남편은 싸우
지 않고 그저 죽임을 당했다. 오빠들은 곰가죽을 벗기고 살을 먹
었다. 소녀는 죽은 남편의 가죽을 뒤집어쓰고 곰이 되었다. 큰곰
이 된 소녀는 오빠들을 죽여 복수를 했다. 복수를 마친 소녀 곰은

숲으로 들어가 새끼를 낳았고 숲의 왕이 되었다는…… 전설.

　이게 대체 무슨 얘기냐. 곰이 사람을 속여 사기결혼을 하더니, 죽이고 복수하고 친족살해까지. 곰이 마늘 먹고 인간이 되었다는 것도 아니고, 인간이 곰이 되어 숲의 왕이 되었다니. 막장 드라마보다 더한 막장 전설. 야만적인 전설 같은가. 아니다. 이것은 인간과 자연이 대칭을 이루며 살아가던 시절이어서 가능한 이야기. 인간이 곰을 수렵하고 곰도 인간을 공격하지만, 서로에게 존경과 우애를 가지고 예를 갖추었던 세계에서 가능한 이야기. 사람과 자연과 신이 하나가 되는 이야기. 하나의 생명이 또다른 생명을 잉태하고 보듬는 이야기. 삶과 죽음이 순환하며 신화가 되고 전설이 되는 이야기. 돌고 도는 이야기. 경계를 무너뜨리는 진짜 이야기다.

　어쩌면 나는 숲에 들어간 소녀가 되고 싶은 것인지도 몰랐다. 소설가란 경계를 허무는 일을 하는 사람일 터이니. 이쪽과 저쪽의 경계에 서서 저쪽의 목소리를 이쪽에 들려주고, 이쪽의 예로 저쪽을 애도하는, 그것이 진정한 이야기꾼일 터이니. 그래서 알래스카 깊은 숲에 들어가 곰을 만나게 되면, 전설처럼, 이야기의 곰가죽 옷을 얻어 입고 올 수 있을 것 같았다. 전설을 만나고, 전설이 되고, 전설을 만들 수 있을 것 같았다. 그렇게 곰을 만나자고 떠난 여행이었다.

캐치칸 인형 상점에서 본 소녀 인형들.
북극곰가죽 옷을 입었다.
이야기의 곰가죽 옷을 얻어 입기 위해 알래스카로 떠난 다른아 산딸기 소녀.

알래스카 여행은 연어의 여정을 따르기로 했다. 캐나다 밴쿠버
에서 배를 타고 수어드까지 올라가, 거기서부터는 차를 타고 '세
상의 지붕' 배로우까지 갈 것이다. 바다에서부터 시작해 저 계곡
깊숙한 곳으로 거슬러올라 북극해까지. 연어의 여정처럼 은빛 비
늘을 반짝이며 바다를 유영하다가, 비늘이 붉게 물들기 시작하면
시원을 향해 올라가는 것이다. 그렇게 연어의 여정을 따라 올라
가다보면 곰도 만나고 전설도 만나게 되겠지.

그런데 어쩌다보니 연어잡이부터 하게 되었다. 곰을 만나기도
전에 연어 잡는 곰이 되려고 나선 셈. 내 의지는 아니었다. 함께

간 일행들이 가자고 해서 어쩔 수 없이 따라나선 길이었다. 알래스카 아니면 언제 연어 낚시 해보겠느냐며, 곰은 동물원 가서 보란다. 곰에 대한 미련은 못 버리겠고 어떻게 하면 연어 낚시를 안 갈 수 있을까 밤새도록 그 궁리만 했다. 머리가 꾀를 내니 몸도 덩달아 꾀를 부리기 시작. 두통이 오는 것도 같고 몸살 기운이 있는 것도 같고. 머리와 몸이 합심하여 연어 낚시를 거부했다. 그렇게 끌려가듯 나선 연어 낚시였다. 그런데.

그냥 고깃배를 상상했더랬다. 말 그대로 고깃배. 생선비늘이 여기저기 말라붙어 있고 비린내와 기름 냄새가 깊게 밴 고깃배. 그리고 조금은 거칠고 무뚝뚝한 뱃사람을 생각했더랬다. 그런데 그냥 그렇고 그런 고깃배가 아니더란 말이지. 카리브 해나 지중해에 떠 있어야 할 것 같은 작지만 쌈박하게 예쁜 요트. 생선비늘 같은 건 눈 씻고 봐도 찾을 수가 없었다. 구릿빛 피부의 선장과 잘생긴데다 웃는 모습이 근사한 선원까지. 이 잘생긴 선원의 이름은 아담이란다. 아담.

연어 낚시에 필요한 면허를 발급받고 몇가지 주의사항을 듣고 출항. 요트는 조금 먼 바다로 속력을 높였다. 요트가 멈춰서고 낚싯대를 드리우고 신호를 기다렸다. 얼마 지나지 않아 입질이 왔다. 아, 손바닥을 타고 온몸을 감아오르는 이 팽팽한 긴장감이라니. 잡아당기는 힘이 보통이 아니다. 자칫 낚싯대를 놓칠 수도 있

곰 대신 연어, 연어가 데려다준 아담.
그리고 아담이 만든 친실.

는 상황. 내가 언제 낚시해봤어야지. 릴은 뻑뻑하고 줄은 끊어질 것 같고. 그냥 죽어라 잡아당길 수밖에. 이때 내 팔을 감싸안고 요령을 가르쳐주는 아담. 무작정 잡아당기는 것이 아니라 슬그머니 풀어주었다가 릴을 감으며 잡아당기고, 또 슬그머니 놓았다가 당기기를 반복하라는 것. 풀었다가 당기고 감고, 풀었다가 당기고 감고. 그런데 이 기분 그리 나쁘지 않은데? 이것이야말로 밀당의 정석. 풀쩍 뛰어오르는 연어의 몸놀림이 제법 큰 놈인 듯했다. 그물로 연어를 낚아채는 동시에 나무망치로 머리를 후려쳐서 기절부터 시키고. 끌어올리고 보니 진짜 큰 놈이었다. 낚시꾼들의 뻔한 허세와 과장이 아니라 진짜 월척이었다. 그렇게 가기 싫어했던 연어 낚시에서, 월척을 낚았다.

　곰 대신 연어를, 그것도 월척을, 낚았다.

　거봐, 내가 연어 낚시 재밌을 거라 그랬잖아? 내가 말 안했나?

아담의 손은 쉴 틈이 없었다. 연어를 한마리 잡을 때마다 일일이 손질을 하고 요트에 튄 핏자국과 비늘을 하나하나 세심히 닦아내는 걸 보면, 이 작은 고깃배가 어떻게 새하얀 카리브 해의 요트처럼 유지될 수 있었는지 짐작이 가고도 남았다. 연어를 손질하는 아담의 손은 차가운 물 때문인지 부끄러운 살구색이었다. 아담은 연어를 함부로 다루지 않았다. 세심한 손길로 연어의 배를 가르고 알을 들어낸 다음 알래스카 빙하물로 씻어냈다. 먹지 않는 내장과 피는 연어가 살던 바다로 돌려보냈다. 경건한 손놀림이었다.

아담이 연어 알 덩어리를 내밀었다. 알 하나를 떼어 입에 넣어보았다. 혀를 지그시 눌렀을 뿐인데 막이 터지며 입안 가득 연어 알 냄새가 퍼졌다. 비릿하면서도 향긋한, 달큰하면서도 아릿한, 풋밤 같은 냄새. 소녀 시절 처음 가본 바닷가에서 일몰을 목격하던 순간처럼 무언가 뜨거운 것이 내 안으로 스며들어오는 느낌이었다. 입안에서 천개의 작은 태양이 뜨고 지는 중이었다.

일을 다 마치고 난 후 아담이 명함을 만들어주었다. 연어 그림이 프린트된 종이를 오리고, 주소를 적은 종이를 오리고, 각각에 바늘구멍을 뚫어 낚싯줄로 연결. 종이에 뚫린 바늘구멍은 딱 바늘구멍만큼. 아담의 섬세한 손만큼이나 예쁜 명함이었다. 아담의 셔츠가 눈에 들어왔다. 오래 입어 소맷자락이 해진 아담의 셔츠에서 늙은 시계수리공의 토시 냄새가 났다. 섬세한 노고가 천천

아담이 만들어 준 명함.
아담의 서츠에서 닮은 시계수리공의 도시 냄새가 났다.

히 오랫동안 스며든 시간의 냄새. 정갈하면서도 깊은 냄새. 깨끗
하게 삶아 풀을 먹여 널어놓은 이불 홑청처럼 오후의 햇살이 화
사하게 부서지며 파닥파닥 바람 소리를 낼 듯했다. 아담의 손에

서도 같은 냄새, 같은 소리가 났다.

아담이 등을 돌리고 또 다른 것을 만들기 시작했다. 낚시찌와 공구가 든 상자에서 무언가를 신중하게 고르고 가위질을 하고 매달고 아물렀다. 그리 짧지 않은 시간이 흐르고 난 후 아담이 내게 무언가를 내밀었다. 내 점퍼와 어울리는 색깔을 골랐단다.

목걸이다. 아담이 직접 만들어준 목걸이. 주황색 문어 모양 찌를 낚싯줄로 연결해 만든 목걸이. 그냥 되는대로 줄에 연결한 것이 아니라 고리까지 완벽한 목걸이. 내가 잡은 연어의 알보다 붉은, 내가 본 어떤 보석보다 맑은, 아담의 목걸이. 저절로 노래가 나온다 싶더니 어머, 나 미쳤나봐. 니가 직접 걸어줄래? 하고 말해버리고 말았다. 쑥스럽지만 정말 그래버렸다. 아담은 자기가 만든 찌 목걸이를 내 목에 직접 걸어주었다. 그 순간 잔설처럼 남아 있던 섭섭한 마음이 모조리 다 녹아 없어졌다. 곰은 동물원에 가서 보면 될 일. 뭐 군이 알래스카까지 와서 곰을 봐. 곰 대신 연어가, 연어가 데려다준 아담이, 그리고 아담이 직접 만든 찌 목걸이가 하나의 전설을 만들고 있었는데.

전설이란다, 전설. 나이 마흔 넘은 여자를 소녀로 만드는 신비한 전설이라고, 오래도록 전해질 것이란다. 부끄럽고 쑥스럽단다. 그래도 을매나 이쁘냐, 이 목걸이. 곰 가죽보다 신비한 전설의 목걸이. '알래스카 주노에 아담이 있었으니……'로 시작되는 하나

의 전설. 노래를 불러 멀리멀리 전하여줄, 붉은 심장의 전설. 이것
은 자랑질인가 고해인가. 목을 치시라.

연어의 비늘이 붉게 물들었다. 심장이 붉어
지니 비늘도 붉어지는 법. 이제 강을 거슬러올라갈 때다. 연어가
가는 길목에는 어김없이 낚시꾼들이 있다. 나 같은 애송이 낚시
꾼은 차치하고, 꿀보다 연어를 더 좋아한다는 불곰은 그렇다 치
고, 최고의 알래스카 훈제연어 맛을 알아버린 수많은 사람들이
길목을 버티고 있다. 그래서 연어의 길목에는 통조림공장이 있다.

후나 패킹 컴퍼니. 지금은 연어 대신 곰 인형을 넣어 파는 관광
센터가 되었지만 한때는 알래스카에서 제법 규모가 큰 통조림공
장이었단다. 기계가 멈춘 통조림공장에는 붉게 페인트칠을 한 모
형 연어가 전시되고, 창고에는 통조림 대신 관광객을 위한 카약
과 보트가 대기 중이다. 크루즈가 정박하는 항구도시는 거의 대
부분 이렇게 여름 한철 관광객을 받아서 먹고사는 도시로 버티고
있었다.

마치 서부개척시대를 어설프게 재현해놓은 퇴락한 유원지를
보는 느낌. 유원지마다 어김없이 있던 공기총 사격장을 기억하는

지. 나무판자로 만든 목표물들을 맞히면 인형을 주는. 고무총알 한바구니에 이천원. 연어를 맞히면 인형을 주마. 통조림공장 소녀를 맞히면 비버 인형을, 광부들을 홀리는 창녀를 맞히면 무스 인형을 주마. 숨겨진 금 덩어리를 맞히면 대왕 북극곰 인형이다! 히이잉, 말 울음소리가 들리고 증기기관차 바퀴 소리는 멈추지 않는다. 쏘아라, 맞혀라, 황금을 찾아라, 기름을 파내라, 전설을 만들어라. 한때 이곳도 전설의 도시인 적이 있었으니.

'골드! 골드! 골드! 87명의 황금 탐사꾼들이 캐나다 클론다이크에서 황금을 싣고 돌아왔다.' 기사를 접한 미국의 광부 수만명이 알래스카를 향해 몰려들었다. 미국에서 골드러시가 시들어가던 시기였다. 광부들이, 곡괭이 하나 달랑 든 청년들이, 여자들이, 아이들이 그곳으로 모였다. 스캐그웨이. 금의 전설이 시작되는 도시였다. 스캐그웨이에서 금광도시 화이트호스까지는 빙하로 뒤덮인 산맥이 가로막고 있었다. 황금에 눈이 먼 광부들은 여름이 올 때까지 기다릴 수 없었으므로, 누구보다 빨리 그곳에 도착해야 했으므로, 눈이 녹기도 전에 말을 타고 계곡을 거슬러올랐다. 계곡에는 얼어 죽은 말과 사람들이 즐비했다. 흰 눈이 그 시체들을 덮었고, 또다른 말과 사람들이 그 눈을 밟으며 또다른 길을 만들어갔다. 흰 말들(Whitehorse)의 길. 그것은 죽은 말들(dead horse)의 길이었다.

다른 길이 필요했다. 그래서 만들어진 철길이 화이트패스

(White Pass)다. 살인적인 추위와 눈보라 속에서, 화이트호스 정상까지 급경사와 암벽과 험한 비탈을 거슬러오르는 20킬로미터의 철로를 놓는 데 걸린 시간은 팔개월. 화이트패스는 광부들을 태우고 가서 금 덩어리를 싣고 내려왔다. 현재의 화이트패스는 서부영화에 열광하며 젊은 시절을 보냈을 미국의 늙은 관광객들을 실어 나른다. 간이역은 사금 채취 체험장, 종착역은 금제품 숍. 실어 나르는 목적과 대상은 바뀌었으나 그 길은 여전히 아찔하게 아름답고 처절하게 웅장하다.

골드러시의 길을 따라가다보면 금광을 찾아 흘러들어온 사람들의 땀 냄새가 난다. 금을 캐러 온 남정네들을 유혹하는 창녀의 노랫소리도 들린다. 언 계곡을 따라 길게 이어지는 말들의 지친 말발굽 소리가 울리고, 말들이 뿜어내는 콧김이 하얗게 피어오른다. 금광에 채 닿기도 전에 죽어버린 말들이 흰 눈처럼 쌓여가는 계곡. 황금의 시간과 잃어버린 말들의 시간. 예를 갖추지 않은 탐욕스러운 착취. 그것은 전설이 될 수 없음을 알겠다. 알래스카에서 인간의 탐욕으로 세워진 길들이 모두 그러하다. 죽은 말들의 길이 그러하고, 알래스카 땅을 종단하는 1300킬로미터의 송유관이 그러하다. 금을 석유를 연어를 모피를, 그리고 지금은 천연가스를 위한 길들. 이것이 정말 인간이 만든 길인가.

앵커리지는 미국의 주요한 공군기지로 발전하기 시작한 도시

이것은 얼음의 길.
이것은 사람의 길.

다. 그곳에 도착했을 때는 마침 9월 11일이었고, 전쟁기념공원에서 전쟁을 반대하는 시위가 진행 중이었다. 피켓에는 '전쟁 반대'라는 글자와 함께 한 여자의 얼굴이 있었다. 알래스카 주지사 출신의 쎄라 페일린. 제발 꺼져달라! 이 여자의 지랄맞은 행보를 다 열거할 수는 없지만, 그야말로 그 주둥이 좀 닥치지 못할까 말하고 싶은 그녀의 한마디.

"미국이 벌이는 전쟁은 신으로부터 부여받은 소명이다."

이것이야말로 야만이 아닌가. 전설이 불가능한 시절의 야만. 자연과 인간이 대칭을 이루던 시절에는 감히 생각할 수 없는, 지독한 야만. 왜 우리는 이날이 되면 불타는 비행기와 무너져내리는 건물을 떠올리게 되었는지. 언제부터 9와 11의 조합은 파괴와 야만을 떠올리는 숫자가 되었는지. 우리 몸속에 흐르던 전설은 다 어디로 갔는지.

아이누 족에게는 아직까지도 '이오만떼'(곰의 넋 보내기) 의식이 있다고 한다. 그들은 잡은 곰의 두개골을 예쁘게 화장시켜서 영혼의 세계로 돌려보내는 의식을 한다. 곰이 영혼의 세계로 돌아간 후에 자신이 얼마나 인간들로부터 존경받으며 살해되었는지, 인간들이 자신의 몸을 얼마나 정중하고 소중하게 다루었는지를 친척 곰들에게 이야기할 터이니. 그래야 곰을 사냥한 남자는 좋은 꿈을 꿀 수 있을 터이니.[1] 사냥꾼 남자도 언젠가 곰의 세계로

---

1. 나까자와 신이찌, 김옥희 옮김 『곰에서 왕으로』, 동아시아 2005.

돌아갈 날이 있을 터이니.

인간이 어쩌면 곰일지도 모른다는 생각은 타자에 대한 공감으로 가득 찬, 시적인 생물로서의 본성이다. 이것은 우리가 잃어버린 전설, 지금 당장 되찾아와야 할 전설이다. 우리가 이 야만에서 벗어나기 위해 필요한 전설.

도시들을 지나면서 자꾸 먼 북쪽으로 시선을 돌리게 되었다. 그리고 자꾸자꾸 나를 향해 물었다. 나는 왜 이곳 알래스카에 왔는가. 곰 때문에? 전설 때문에? 곰, 비버, 여우, 무스, 고래, 이누이트, 오로라…… 알래스카 하면 떠올리는 무수한 것들. 마음속에 품어왔던 전설, 가닿고 싶은 야생의 사고. 무슨 대단한 전설을 찾고 싶었는가. 무슨 대단한 전설이 되고 싶었는가.

아니다. 나는 다만 달콤한 블루베리를 맛보고 싶었다. 그뿐이다. 그래, 블루베리. 전설과 함께 살아가는 사람들의 9월은 블루베리를 따야 하는 때라고 했다. 그들은 그것을 이렇게 말한다.

"여름이 가고 서리와 첫 키스를 하면 블루베리가 달콤해진다."

가을의 블루베리처럼 달콤해지기 위해, 나는 서리 맞은 땅에 입맞춤을 했다. 입맞춤을 하기 위해서는 납작 엎드려야 한다. 걸음을 멈추고 무릎을 꿇어야 한다. 내 호흡이 땅에 닿을 정도로 가까이 다가가야 한다. 서리가 녹지 않도록 호흡을 안으로 들여야 한다. 그리고 입술을 살짝 붙였다 떼야 한다. 뜨거운 입김 때문에

달콤한 블루베리를 먹기 위해서는 납작 엎드려야 한다.

서리가 녹지 않도록 조심스럽게 해야 한다. 비록 해가 뜨면 사라
질 서리라지만 그렇게 예를 갖춰야 한다. 무릎을 꿇고 경외하는
마음으로 서리를 맞아야만 비로소 달콤해질 수 있는 것을.

블루베리를 따 먹는다. 곰처럼. 그러고 보니 알래스카의 여정
은 연어의 여정이 아니라 곰의 식탐을 따라가는 여정이로구나.
그러게 나 원래 곰이었다니까. 연어 잡아먹고 블루베리 따 먹고.
그렇게 먹다보면 곰이 될 수 있으려나. 아무렴 마늘 먹고 인간이
된 곰도 있는데. 뭐 좋다고 매운 마늘 먹고 인간이 되었느냐. 크랜
베리, 블루베리, 쌔먼베리, 쏩베리, 크로우베리…… 이 중에서 곰
이 제일 좋아하는 베리는 쏩베리. 쏩베리는 곰이 다 따 먹어버렸

는지 없다. 알래스카 곰들은 나와 결혼하고 싶지 않은가보다. 숲을 헤치고 돌아다녀도 곰은커녕 곰 발자국도 못 봤으니. 곰아, 얼굴 좀 보여다구. 곰 탈 쓰고 노래를 불러줄 터이니. 나는야 산딸기소녀, 산딸기소녀. 이런 또 소녀 타령이다. 한번 더 목을 치시라.

알래스카의 빛

　　　　　숙소 이름은 레이크 인. 말 그대로 호수여관. 앵커리지에서 페어뱅크스까지 길은 하나. 1번 국도를 타고 디날리 파크를 지나 257번 지점 표시가 나오면 왼쪽 길로. 그 길이 끝나는 지점에 호수가 있고 그 옆에 집이 한채 있다. 집 입구 알림판에 네 이름이 적힌 봉투가 붙어 있을 것이다. 봉투 안에 방 열쇠가 들어 있으니 가지고 들어가라.

　이게 다였다. 정말 그랬다. 주소랄 것도 없었다. 호수 이름도 없었다. 구글 지도에도 나와 있지 않았다. 그저 무스 가족이 호수에서 물을 먹고 있는 사진에 홀딱 반해 오기 두달 전부터 예약해놓은 숙소였다. 강원도 펜션도 아니고 무슨 생각으로 사흘치 숙박비까지 다 냈는지. 혹시 낚인 건 아닌지. 알래스카까지 와서 이십대에도 안해본 노숙을 하게 되는 건 아닌지. 내가 미쳤지. 곰도 못보는 마당에 무슨 빌어먹을 무스냐. 호수가 있기는 한 거냐?

　디날리 파크를 지나면서는 눈을 부릅뜨고 지점 표시만 세었다.

©정지우

243, 244, 245······ 257. 그런데 정말 257번 지점 표시를 지나자마자 왼쪽으로 길이 하나 있다. 길을 따라 주욱 끝까지 가자 호수가 나타났다. 이름을 가졌어도 백번은 가졌어야 할 아름다운 호수. 알래스카에서는 이런 호수가 그냥 이름 없는 들꽃 수준으로 널려 있단 말이지. 어쨌든 노숙은 면했다. 면했다 뿐이냐. 아름다운 호숫가 여관. 알림판에 꽃 모양 압정으로 꽂아놓은 봉투. 분명히 적힌 내 이름. 그리고 열쇠. 호숫가 여관에 불안과 의심을 내려놓는 순간, 미치도록 잠이 왔다.

호수가 내게 물었다. 표지를 달고 이름을 붙인다는 것이 무슨 의미냐고.

잠에서 깨어 무스부터 찾았다. 숙소 관리인에게 물어보았더니 며칠 전에도 무스 가족이 왔었지만 이제는 못 볼 거란다. 왜? 사냥철이 시작되었거든. 사냥철이 시작되면 무스도 알아서 몸을 숨기거든.

무스에게 9월은 숨바꼭질이 시작되는 달이다. 문득 호시노 미찌오[2]의 사진집에서 읽은 글이 생각났다. 알래스카에는 '무스가 신문을 읽는다'는 말이 있다고. 사냥철이 시작되는 가을날이면

2. 호시노 미찌오는 이십여년간 알래스카의 자연과 사람들을 사진으로 담아낸 세계적인 야생사진가다. 캄차카 반도에서 사진 작업을 하던 도중 곰에게 물려 죽었다.(호시노 미찌오, 이규원 옮김 『알래스카, 바람 같은 이야기』, 청어람미디어 2005.)

신문마다 '무스 사냥 해금'이라는 제목이 실리고, 그러면 그날을 경계로 무스가 눈에 띄지 않는다고.

그래, 무스가 어제 신문을 읽은 게야. 사냥꾼들이 앵커리지에 집결한 걸 나도 보았지. 그러니 섭섭해 말아야지. 꼭꼭 숨어라, 무스야. 나는 그냥 네가 놀던 호수에 손만 살짝 담그고 지나갈게.

어제 신문에는 무스 사냥 해금 소식만 실린 건 아니었다. 일기 예보처럼 오로라 예보도 실렸다. 오로라는 주로 북극권 근처에서 긴 띠를 두르며 나타난다. 하지만 나는 아직 매킨리 산도 넘지 못했다. 오로라는 조금 더 먼 북쪽의 일이었다. 신문에 오로라 예보가 실린 걸 보면 오로라가 시작되기는 한 모양이었다. 그러니까 북극권의 9월은 백야가 가고 오로라가 오는 계절이다. 오로라가 멀지 않았다. 어디선가 삽질하는 소리가 들려온다. 얼마만큼 팠니? 이 정도면 들어가 눕겠니? 그냥 덮으면 안되겠니? 점점 가까이, 조금씩 가까이. 알래스카의 빛, 오로라가 오고 있다.

알래스카의 9월은 백야가 지나고 오로라가 오는 계절.

이 계절의 알래스카 빛은 길다. 아주 길다. 하지처럼 낮이 길다는 것이 아니다. 비스듬하게, 길게, 아주 오래, 머문다는 뜻이다. 하루 내내 일출과 일몰이 계속되고 있는 느낌. 그래서 길을 걷고 있는 내 그림자는 아주 길고, 내 그림자가 걷고 있는 길들도 아득하게 멀다. 길과 그림자가 함께 비스듬하게 누워 아득하게 걷는다.

매킨리 산, 얼음 위의 눈, 눈 위의 빛, 광능.

알래스카 · 천운영

길을 걷다가 개를 데리고 산책하는 여자를 보았다. 알래스카의 빛처럼 아주 느린 걸음이었다. 나는 걸음을 멈추고 여자의 뒷모습을 보았다. 여자의 그림자가 내 발끝까지 와 있었다. 내 발에 닿은 그림자는 쉽게 떨어지지 않았다. 길게 오래도록 내 발끝에서 조용히 움직였다. 나는 오래도록 여자의 그림자를 밟고 서 있었다. 그림자가 내 발끝에서 떨어졌을 때, 여자는 사라지고 없었다. 어둠이 내리고 있었다. 여자는 길에 스며든 것도 같고, 어둠에 스며든 것도 같았다. 어쩌면 아득하게 먼 빛이 여자의 몸에 스며든 것인지도 몰랐다. 빛이 어둠과 몸을 섞어 하나의 그림자가 되듯이.

그때 그 빛을 여기 다시 꺼내놓을 수 있을까? 그 순간, 그 길 위를 감싸안던 빛의 각도, 그 빛 속을 비껴 걷는 그림자의 온도, 그림자를 끌고 저만치 멀어지던 또다른 빛의 습도를. 그 순간, 길을 걷고 있던 한 여자와, 그 길 위에 멈춰선 또 한 여자의 스침을. 나는 되살릴 수 있을까? 그 스침을 떠올리는 것만으로 내 몸은 다시 그때의 그 빛 속으로 들어가지만, 그 몸의 언어를 불러내는 일은 무척 어려운 일이다.

다만, 멈춰서야 보이는 것들이 있다는 것. 가만히 오래 응시해야 보이는 것들이 있다는 것. 그러니 그냥 가만히 서 있어봐야 한다는 것. 그것만은 말할 수 있을 것 같다.

9월의 빛이 호수에 닿으면 그림자를 만드는 것이 아니라 빛을 낳는다. 빛으로 부서진다. 부서져서 움직인다. 그것은 물을 스친 빛, 바람을 품은 빛이다. 그래서 흔들린다. 너울너울 춤을 추고 빙그르르 맴을 돈다.

빛이 호수를 데리고 방으로 들어왔다. 호수여관의 벽과 바닥에 호수가 빛으로 흔들리고 있었다. 나는 호수여관에 숨어 그림자놀이를 하였다. 물에 비껴 흔들린 빛이 벽에 부딪쳐 흔들리는 그림자를 만들었다. 빛이 흔들리면 그림자도 흔들리고, 흔들린 그림자가 또 빛을 흔들었다.

빛 때문인지 그림자 때문인지, 아니면 무스들이 쉬었다 가는 호수 때문인지, 호수여관에만 들어오면 잠이 쏟아지는 건 왜일까. 혹시 겨울이 되면 배부른 곰들이 이곳으로 와서 겨울잠을 자나? 그림자놀이를 하던 나는 손바닥 개를 만든 채 잠이 들었다. 곰을 만들 줄 알았으면 곰을 만들었을 텐데, 하면서.

꿈속에서 나는 길 위의 여자를 다시 만났다. 정확히 말하자면 만난 것이 아니라 본 것이었다. 빛 속으로 사라졌던 그 여자가 내 꿈속을 걷고 있었다. 걷고 또 걸었다. 내 발끝에 닿아 있는 것은 그림자가 아니라 빛이었다. 어쩌면 그 순간, 여자의 그림자가 내 발끝에 와닿은 순간, 우리는 하나의 빛이 되었는지도 몰랐다. 기다란 빛이 함께 길을 걸었다. 참으로 몽롱한 꿈길이었다.

오로라가 왔다. 찾은 것이 아니라 찾아왔다. 기다림 끝에 온 것

길 위의 여자. 비스듬하게 누워 느리게 걷는 그림자.

이 아니라 불현듯 생겨났다. 느닷없이 등장해서 한순간에 물러
났다.

얼결에 카메라 셔터를 눌러댔다. 액정화면에 박힌 색은 내 눈
에 박힌 색과는 전혀 다른 색이었다. 명도와 채도의 느낌이 다른
게 아니다. 이런 식이다. 내 눈은 빨강을 보고 있는데, 카메라는
파랑이라고 말한다. 내 눈은 주황색을 보고 있는데, 카메라는 보
라색이라고 말한다. 그러니까 연둣빛이나 푸른빛으로 보이는 오
로라 사진을 보고 있다면, 그것은 주황색이나 노랑색의 오로라였
을지도 모른다는 것. 당신이 지금 보고 있는 오로라 사진은 거짓
이라는 것. 그런데 혹시 거짓말을 하고 있는 것이 카메라가 아니
라 바로 내 눈은 아닐까? 처음으로 내 눈을 의심했다.

무엇이 진짜 오로라의 색일까?

내가 본 오로라를 어떻게 말할 수 있을까.

모든 비유를 지우자. 어떤 것도 빗대어 말하지 말자. 있는 그대로 옮겨놓자. 그것은 움직이는가 싶으면 멈춰 있었다. 느린가 하면 빨랐다. 가까운가 하면 아득했다. 덮치는가 하면 달아났다. 흐르는가 하면 얼어붙었다. 이 색인가 하면 저 색이었다. 고요한데 시끄러웠다. 아무것도 믿을 수가 없었다. 내가 보고 있는 것이 진짜 오로라인가 아니면 눈의 착란인가. 시간도 공간도 속도도 질감도 색깔도, 그 어느 것도 확신할 수가 없었다.

지금 이 순간도 오로라와 멀어지고 있다. 내가 그 순간의 오로라와 가까워지려면 입을 다물어야 한다. 눈을 감아야 한다. 숨을 멈춰야 한다. 그리고 온몸으로 기억해내야 한다. 그 수밖에 없다. 다만 그 순간으로 몸을 들이밀어야 한다. 그렇게 해도 그 순간 내가 만났던 오로라는 결코 되살릴 수가 없다.

단 한가지 분명한 것. 오로라. 그것은 공포였다. 무서움이나 섬뜩함과는 다른 공포였다. 내가 유한한 존재라는 것. 불가능한 것이 있다는 사실을 극명하게 느끼게 해주는 공포. 경건하게 되는 두려움. 머리를 조아리게 만드는, 무릎을 꿇고 경건해지고 싶은 공포. 그것을 뭐라 해야 할까. 숙연해지는 공포감이라고 할까. 오로라가 왔다가 사라지는 동안, 나는 입만 쩍 벌리고 서 있었다고나 할까. 그냥 기절해버리고 싶었다고 할까. 무릎 꿇고 빌고 싶어졌다고나 할까. 무덤 파고 들어가 눕고 싶었달까. 삽질을 끝내고 그냥 들어가 눕겠다.

세상의 지붕,

배로우의 아이들

배로우에 가기 위한 길은 오직 하늘길뿐이다. 땅을 밟아 갈 길은 없다. 여름엔 툰드라 습지가 길을 지우고 겨울엔 눈과 얼음이 길을 덮치니, 달리 갈 수 있는 방법이 없다. 비행기에서 내려다본 육지는 마구 휘저어놓은 팔레트 같았다. 끊어졌다 이어지는 물웅덩이의 기하학적인 무늬들은 아름답긴 하지만 어쩐지 동물적이었다.

세상 꼭대기 마을, 세상의 지붕이 되는 마을. 사람들은 배로우를 그렇게 부른다. Top of the world. 해 질 녘 도착한 배로우는 잿빛이었다. 세상의 지붕이라기보다는 세상의 끝자락에 다다른 기분이 들 정도. 시간이 멈춰버린 듯한, 더이상 물러설 수도 나아갈 수도 없는, 궁지의 시공간. 적막하고 음산한 바람이 불었다.

북극해 앞에 섰다. 푸르디푸른 물빛을 상상했는데, 바다도 하늘도 모래도 모두 잿빛이다. 해변을 따라 이어진 모래사장에도 그 흔한 조가비나 미역줄기 하나 보이지 않는다. 칼 같은 파도가 몰아쳤다. 배로우에서 움직임을 느낄 수 있는 것은 오직 북극의

배로우의 아이들은 바다로 온다. 나는 아이들을 따라 움직인다.
하나의 움직임이 또다른 움직임을 만든다.

파도뿐인 듯했다.

배로우의 아이들은 그래서 바다로 온다. 자전거를 타고 오토바이를 타고 바다로 몰려든다. 끊임없이 움직이는 파도를 보기 위해, 그 파도와 함께 움직이기 위해. 그들은 밀려드는 파도를 향해 뛰고 물러서고 도망친다. 서로의 몸을 부딪치고 끌어안고 뒹굴면서 하나의 움직임이 된다. 파고를 가늠하며 고래를 쫓는 어부처럼 모든 움직임을 잡아채고 제 몸의 속력을 높여서 스스로 풍경의 움직이는 일부가 된다.

나 또한 그래서 아이들을 쫓아간다. 파도를 향해 뛰는 아이들처럼, 아이들을 쫓는 것만이 살아 있음을 확인하는 유일한 증거인 것처럼, 그렇게 집요하게 아이들을 쫓았다. 그래야 나도 다시 움직일 수 있을 것 같았다. 그런데 세상 끝에서 만난 그 아이들, 얼굴이 낯설지가 않았다. 피부색도 눈매도 표정도 딱 우리와 닮았다. 우리나라 여느 바닷가 마을에서 만나봄직한 그런 얼굴들. 아주아주 먼 옛날, 언 땅을 밟아 대륙을 건너왔던 한 인류의 얼굴.

이 작은 북극의 마을에서 나는 어쩔 수 없는 이방인이었다. 이 낯선 유입은 어쩌면 새로운 움직임일지도. 그래서 아이들은 나를 쳐다보고, 나는 아이들을 쫓는 것인지도. 우리는 서로의 움직임을 주시하며 서로의 얼굴을 훔쳐보고 있었다. 낯설지만 영 낯설지만은 않은 얼굴을 마주 보고 있었다. 아주 가까이 다가오지도 않고 그렇다고 아주 멀어지지도 않으면서 우리는 그렇게 하나의 움직임을 만들었다.

아이들에게 조금 더 가까이 가보기로 했다. 이럴 땐 언어보다 그림. 일행의 그림첩을 미끼로 아이들을 유인해보았다. 알래스카의 가장 남쪽 마을에서부터 북쪽으로 조금씩 전진하며 그린 그림들. 알래스카의 남쪽 마을은 고립된 북쪽의 마을 아이들에게 더욱 낯설게 느껴지는 모양이었다. 이 마을을 떠나본 적이 없는 아이들은 우리 여행자들보다 더 흥미로워했다. 가깝지만 먼 풍경. 아이들이 한걸음 바싹 붙어섰다.

느이들 그려도 될까?

배로우의
독수리 오형제.

아이들은 선뜻 나서지도 않았지만 그렇다고 거절도 하지 않았
다. 시간이 조금 흐른 후 나란히 서서 포즈를 잡아주기까지 했다.
파도와 대결을 펼치며 해변을 달리던 아이들이 폼을 잡고 서 있
으니 꼭 독수리 오형제 같다. 세상의 지붕에서 세상을 지키는 전
사들. 내 눈에는 그렇게 보였다. 전사들을 그리는 사이, 동네 아이
들이 속속 모여들었다. 거친 엔진 소리를 내며 등장한 여자아이.
등장부터 심상치 않았다. 얼굴은 예쁘장한데 입술에는 피어싱을
했고 타고 온 오토바이도 장난 아니었다. 그야말로 여전사의 포
스. 이 아이의 이름은 쏘냐. 이름까지 여전사 느낌인걸. 그래서 이
번엔 좀더 과감하게 청해보았다. 나 거기 태워주면 안될까? 나도
너처럼 세상의 지붕 위를 바람처럼 달려보고 싶은데. 쏘냐는 흔

알래스카 · 천운영
38

쾌히 나를 태워주었다. 그런데 쏘냐 이 아이, 정말 장난이 아니다. 도시내기 이방인에게 알래스카 맛 좀 보여주려는 모양. 내가 올라타자마자 거칠게 출발을 하더니, 갑자기 속도를 줄였다가 높이기를 반복하며 이방인을 놀려대는 꼴이라니. 그래도 북극의 바람 맛, 쏘냐 덕분에 제대로 보았다.

이제 쏘냐의 얼굴을 그릴 차례. 차분하면서도 강인한 인상. 다부지고 빈틈없는 표정. 순록을 타고 알래스카 설원을 달리는 전설 속의 여신이 떠올랐다. 여신이 죽은 동물의 뼈를 모아 숨을 불어넣으면 다시 세상에 태어나게 된다는 이누이트의 전설. 살아 움직이는 것에 대한 배로우 아이들의 열망 밑바탕에는 어쩌면 오랜 전설의 힘이 숨어 있는지도 몰랐다. 전설이 몸속 깊숙이 새겨넣어준 생명에 대한 경외와 존경. 나는 쏘냐의 얼굴에서 전설을 보았다. 그리고 우리는 세상의 지붕에 서서 알래스카의 마지막 그림을 채워넣고 있었다.

아이들과 헤어진 후 마을 산책에 나섰다. 아이들이 모두 집으로 돌아간 마을은 더 허전하고 스산했다. 여기저기 널려 있는 동물 뼈와 거대한 고래 뼈가 아이들이 떠난 자리를 대신하고 있었다. 덩그러니 놓인 뼛조각들에서 바람이 불고 얼음이 얼었다. 북극해에 어둠이 덮쳤다. 어둠속에서 움직임을 느낄 수 있는 것은 바람뿐이었다. 더이상 움직이는 것이 없으니 이제 그만 숙소로 들어가야지 했는데, 호텔 앞에 쏘냐가 서성이고 있었다. 반갑게 맞는 모습이 우연이 아니라 일부러 찾아온 듯했다. 이방인이 갈 곳이라고는 뻔했을 테니 애써 찾아 다닐 필요도 없었을 테지. 배로우의 유일한 호텔. Top of the world. 인사나 하고 가려나 싶었는데 쏘냐가 우리 앞을 가로막고 섰다.

그 그림 나 줘.

무슨 그림?

나 그린 거.

이건 부탁이 아니라 아주 명령이다. 그러니까 자신이 모델이니 그림의 주인은 바로 자기라는 것. 그러니 그림을 가져가야겠다는 것. 둘러말하거나 눈치를 보지도 않고 아주 당당하게 권리를 주장하는 쏘냐. 그림을 내놓지 않으면 물러서지 않을 태세였다.

그럼 새로 그려줄게.

좋아. 그리고 내 친구도 그려줘.

친구? 누구?

저만치 떨어져 서 있는 계집애. 독수리 오형제와 쏘냐에게 정신이 팔려 있느라 미처 보지 못했던 아이. 아이들이 함께 머리를 모으고 그림을 들여다보는 동안, 제 친구 쏘냐가 이방인을 태우고 바람 맛을 보여주는 동안, 쏘냐가 모두의 시선을 한몸에 받으며 모델을 하고 있는 동안, 이 아이는 대체 어디에 숨어 있었던 걸까. 그곳에 함께 있기는 했던 걸까?

그래, 네 친구도 그려줄게.

어쩔 수 있나. 쏘냐가 원하는 대로 할 수밖에. 빈틈없는데다 맹랑하기까지 한 이 여전사 앞에 협상이나 타협은 애초부터 불가능한 일. 쏘냐가 포즈를 취했다. 두번째라 그런지 폼이 제법 여유로웠다. 쏘냐의 새 그림이 완성될 즈음, 쏘냐가 제 친구를 불렀다. 쏘냐가 오라고 손짓을 한 후에도 괜히 제 오토바이를 밀었다 놓더니 조심스럽게 와 쏘냐 뒤에 앉았다.

그런데 이 아이 보면 볼수록 참 예쁘다. 검은 눈동자는 깊고도 밝고, 부끄러운 듯 행복한 듯 달아오른 두 볼은 사랑스럽게 발갛다. 게다가 참으로 충실한 모델. 움직임도 없이 시선의 흔들림도 없이 꼼짝도 않고 앉아 있는 폼이, 제가 움직이면 그림이 흔들린

알래스카에서 나는 가만히 서 있는 법을 배웠다.

알래스카 · 천운영

다고 믿는 듯했다. 이 조용한 응시. 이윽고 아이의 입가에 깊은 안도와 충만한 행복감이 번졌다. 내 입가에도 똑같은 안도가 퍼져갔다.

어쩌면 이 아이, 아까도 이렇게 조용히 우리를 바라보고 있었는지 모르겠다. 빠른 움직임으로 시선을 붙들 수도 있었을 텐데. 시끄럽게 나서서 주목을 끌 수도 있었을 텐데. 이 아이는 그냥 그렇게 조용히 지켜보았겠지. 한 새벽에 소복이 내려앉은 첫눈처럼, 따뜻하게 감싸안고 있었겠지. 흔들림도 없이. 세상의 지붕처럼 그냥 그렇게.

돌아온 쏘냐가 고마웠다. 다시 돌아와줘서, 친구와 함께 와줘서, 그리고 당당히 요구해줘서, 그래서 이 아이의 검은 눈동자에 행복한 미소가 드리워지고, 그 미소가 내 입가에까지 번지게 만들어줘서. 참말이지 고마웠다. 알래스카의 마지막 그림이 이 예쁜 아이인 것이 정말 다행이었다. 이 아이를 다시 보지 못했으면 배로우에서 움직이는 것은 파도뿐이었다고 믿고 돌아왔겠지. 눈앞에서 부산히 움직이는 것만이 살아 있다고 믿었겠지. 이 조용한 움직임. 이 충만한 고요. 알래스카의 마지막 밤이 내 안으로 들어오고 있었다. 느리게 느리게.

그애의 이름은 샬롬이다. 샬롬.

9월에서 10월, 나는 알래스카에 있었다.

블루베리가 달콤해지는 계절. 무스들이 숨는 계절. 백야가 끝나고 오로라가 시작되는 계절. 북극여우가 흙빛에서 눈빛으로 털갈이를 하는 계절.

그곳에서 무슨 전설을 만났는가. 나는 오로라를 보았다. 내가 오로라를 본 곳이 알래스카의 어디인지 잘 모르겠다. 세상의 지붕 위에서 본 것도 같고, 길을 걷다 마주친 여자의 그림자에서 본 것도 같고, 말의 길과 빙하의 길과 빛의 길 속에서 본 것도 같고, 단잠에 든 호숫가에서 본 것도 같다. 내가 본 것이 진짜 오로라였는지도 의심스럽다. 하지만 나는 분명 오로라를 보았다. 내가 무릎을 꿇고 앉은 시간이 많아진 걸 보면 그렇다. 가만히 땅에 몸을 낮추는 버릇이 생긴 걸 보면 더욱 그렇다.

나는 오로라를 보았다. 단지 그뿐이다.

'폴란드'라는 시간을 통과하였다

조해진

　　　　　나에게 여행이란 공간의 이동이기 전에 시간
의 통과였다.

　그래서 주머니가 가벼웠던 이십대엔 여행을 하고 싶으면 무작
정 고속버스터미널로 가서 티켓을 끊고는 버스에 올랐다. 목적지
는 터미널의 버스 일정표를 보면서 즉흥적으로 고르곤 했다. 여
행할 도시가 정선이든 해남이든 포항이든, 그런 건 내게 아무런
상관이 없었으니까. 당연히 나는 그 도시들에 대해서 거의 아무
것도 몰랐고, 알려고 애쓰지도 않았다. 목적지에 도착해서는 역
앞 식당에 들어가 지독하게 맛없는 백반을 사 먹은 후 소도시의
중심가를 오랫동안 걸었다. 여행책자나 지도, 심지어 그 흔한 카
메라도 챙겨가지 않을 때가 많았으므로 내 여행은 늘 시시하게

끝났고 막차 시간이 다가오면 서둘러 터미널로 돌아갔다. 서울행 버스는 대개 밤과 새벽을 가로지르며 달렸고 음악과 문장만이 내 주변을 에워싸던 심야 고속버스의 적막한 어둠을 나는 좋아했다. 버스가 서울이 아닌 곳으로 잘못 간다 해도, 혹은 고속도로가 미로처럼 변해서 같은 자리를 영원히 반복해 돈다고 해도 나쁘지 않겠다는 생각을 여러번 했지만 그런 일은 물론, 한번도 일어난 적 없다.

2008년 10월, 일년여의 기간 동안 폴란드로 가리라 결심했을 때도 나는 폴란드라는 공간보다는 내 인생의 휴지기가 될 그 시간에 더 깊이 매혹되어 있었다. 상황은 썩 좋지 않았다. 생애 첫 소설집이 나올 시기였고 첫 장편소설 출간 계획도 잡혀 있었다. 작가에게 책이란 자식과 같다는 문장은 진부하지만 진실에 가까운 메타포다. 태어났거나 곧 태어날 자식들을 남겨두고 혼자 먼 나라로 떠나는 발걸음이 가벼울 리 없었다. 그럼에도 결국 나를 떠나도록 이끌었던 건, 내 정체성과 역사를 모두 등진 채 무모하게 방황해도 되는 그 일년에 대한 갈망이었을 것이다. 소중한 만큼 쉽게 깨졌던 관계망과 뜨거웠으나 소모적이기도 했던 거짓된 마음으로부터 벗어나 오로지 문학만을 고민할 수 있는 시간. 첫 소설집이 나오고 닷새 후, 결국 나는 예정대로 비행기에 올랐다. 10월부터 새 학기가 시작되는 폴란드 대학은 이미 개강을 한 지

포즈난 거리 풍경(노블으로 가는 길).

일주일이 지나 있었다. 나는 개강 둘째 주부터 폴란드 포즈난에
있는 아담 미츠키에비치 대학에서 한국어와 한국문화를 강의하
기로 되어 있었다.

외국인에게 한국어를 가르치는 일은 2005년부터 해왔던 터였
다. 등단 소식을 들은 건 2004년 겨울이었고 그때 나는 서른을 앞
두고 있었다. 스물아홉과 서른의 경계에서 소설가로서의 삶에 승
차할 수 있는 티켓 한장을 발급받긴 했는데, 그 티켓엔 목적지나
승차 시간이 적혀 있지 않았다. 내 소설을 발표하고 책을 출간할
수 있는 시기가 언제 올지, 아니 그런 순간이 오는지의 여부조차
나로선 알 길이 없었다. 소설을 쓰기 위해서는 일단 일을 해야 했

다. 매일 정시에 출퇴근해야 하는 직업을 제외하고 나니 할 수 있는 일의 범위는 현격히 좁아졌다. 그때 우연한 기회에 접하게 된 분야가 바로 한국어 교육이었다. 육개월여 준비하고 기다린 끝에 강남의 한 한국어 학원에서 첫 강의를 맡았다. 일은 힘들지 않았지만 일할 때 쓸 가면 하나가 필요했다. 친절하고 잘 웃고 유쾌한 농담의 능력을 갖춘 가면. 피곤했지만 그것 또한 나였고 내 인생이었다. 폴란드라는 나라에서 한국어를 가르친 경험이 있다는 동료 강사를 만난 곳은 K대학 언어교육원이었다. 그 말을 들은 순간, 나는 그 나라가 내가 이 일을 포기하지 않은 이유라고 믿었다. 그 강사의 도움으로 아담 미츠키에비치 대학 한국어학과에 재직 중인 한국인 교수 O에게 이메일을 보낸 건 2007년 가을이었다. 그리고 그에게서 답장을 받았을 땐 2008년의 봄이 거의 끝나갈 무렵이었다. 그사이에 내게는 기적 같은 일이 일어났는데, 바로 내 작품을 읽고 계약하자는 출판사들이 나타난 것이다.

두개의 큰 여행가방을 메고 끌며 포즈난 중앙역에 내렸을 때 그 한국인 교수 O가 마중 나와 있었다. 그는 도착 예정 시간보다 세시간이나 늦은 이유를 궁금해했다. 독일 프랑크푸르트 공항에서 터미널을 잘못 들어가는 바람에 내 짐이 실려 나오는 컨베이어 벨트를 찾지 못했고, 고생 끝에 내 보라색 슈트케이스를 발견했을 땐 이미 한국에서 애서 예매한 익스프레스 기차가 떠나버린

후였다. 내가 폴란드로 갈 수 있는 남은 수단은 완행열차뿐이었
다. 물어물어 다섯번이나 기차를 갈아탔다. 독일인의 거친 영어
발음과 나의 어설픈 영어 문법은 완벽하게 소통되지 않았고, 그
때마다 공포에 가까운 불안감이 밀려왔다. 그리고 어느 순간 언
젠가 그 불안감을 소설에 담기 위해 내가 끊임없이 머릿속으로
무언가를 쓰고 있다는 걸 깨달았다. 그제야 이상한 안도감이 찾
아왔다. 불안을 베팅하여 얻은 안도감은 단 하나의 확신으로 귀
결됐다. 나는 길을 잃지 않으리라는 것, 늘 그랬듯 그저 조금 늦게
목적지에 도착하는 것일 뿐임을.

　프랑크푸르트 공항에서 시작된 작은 모험담을 다 들은 O는 애
초부터 포즈난행 비행기를 탔으면 그런 일이 없었을 거라며 웃었
다. 물론 그랬겠지만, 한국에서 포즈난으로 가는 비행기 티켓은

나에게는 너무 부담스러운 가격이었다. O는 내 슈트케이스를 대신 끌어주며 내가 일할 곳과 짐을 풀 곳을 안내해주겠다고 했다.

우리는 먼저 한국어 수업이 주로 이루어지는 노붐으로 갔다. 폴란드 대학은 한국 대학과 달리 캠퍼스가 한곳에 모여 있지 않고 단과대 단위로 도시 곳곳에 흩어져 있다. 사실 유럽 대부분의 대학이 이런 형태다. 외국어학과가 모여 있는 건물 이름이 바로 노붐이었다. 수업을 하려면 강사는 노붐의 리셉션에서 강의실 열쇠를 미리 받아와 문을 열어놓아야 하고, 강의가 끝나면 강의실 문을 잠근 후 다시 열쇠를 반납해야 한다. 강의실엔 질 낮은 흑판과 분필, 오래된 책상과 의자뿐이었지만 가능한 한 많은 사람들에게 노동할 공간을 마련해주려 했던 사회주의의 영향으로 리셉션의 열쇠 관리 직원이 있는 거라고 했다. 전임강사와 열쇠 관리 직원의 월급이 거의 비슷하다고도 했던가. 그 말을 듣고 나서야 나는 폴란드가 한때 사회주의 국가였다는 것을 새삼스럽게 떠올렸다. 폴란드에 머무는 동안 그와 비슷한 사회주의 문화는 종종 발견되었는데, 나에게 그 문화는 '불편한 순수성' 정도로 이미지화되어 있다. 불편하더라도 더 많은 사람들이 나눌 수 있다면 기꺼이 감수하는 무언의 순수성. 노붐을 둘러본 후 우리는 강사 기숙사로 향했다. 노붐과 기숙사는 걸어서 다닐 만한 거리가 아니었다. 이동수단은 트람바이, 그러니까 전차.

전차. 지금도 그 도시를 떠올리면 가장 먼저 생각나는 그리운

전차 정류장.

상징물. 덜컹거림, 마치 동양인은 난생처음 본다는 듯 순박한 호
기심으로만 가득했던 아이들과 노인들의 시선, 뒷문에 부착된 박
스에 티켓을 넣을 때마다 '찰칵' 경쾌하게 울려나오던 펀칭 소리.
몇년이 지났지만 나는 요즘도 기분이 좋은 날이면 전차 타는 꿈
을 꾼다. 전차는 바닷가에도 가고 터널도 통과하고 이십대 때 수
시로 다녔던 지방 소도시를 지나가기도 한다. 지하철과 달리 노
상으로 달리는 전차에서는 창밖의 풍경을 그대로 볼 수 있었다.
나는 주로 창가 자리에 앉아 음악을 들으며 출퇴근을 했다. 특별
한 일이 없는 주말에는 일부러 낯선 노선의 전차를 타고 종착역
까지 갔다 오기도 했다. 포즈난은 그리 큰 도시가 아니다. 전차가
한시간 이상 달리는 경우는 거의 없었다. 내 전차 여행은 늘 안전
했고 선로가 미로로 바뀌는 일도 역시나 일어나지 않았다. 아쉽

게도.

8번 전차를 타고 기숙사까지 나를 데려다준 O는 첫 수업이 이틀 후에 있을 거라고 알려준 뒤 돌아갔다. 나는 허름한 엘리베이터를 타고 815호로 올라가 말썽꾸러기 슈트케이스를 벽 쪽에 기대놓고는 샤워도 미룬 채 곧바로 침대에 누웠다. 시차 때문이었겠지만 이전까지 경험해본 적 없는 강력한 피곤이 온몸을 장악했다. 다음 날 눈을 떴을 때, 나는 서울이 아닌 포즈난에 있었다.

배려의 두 얼굴

나는 한국어 강의를 하면서 많은 학생을 만났다. 한국계 입양아, 결혼 이민자, 조선족이나 고려인 같은 재외동포들, 중국인 유학생…… 그들을 만난 덕분에 「천사들의 도시」 「인터뷰」 「자오에게」 「PASSWORD」 같은 단편들도 쓸 수 있었을 것이다. 학생들에게서 끊임없이 소설의 소재를 얻었으면서도 강의실에서 나는 단 한번도 내가 소설가라는 말을 하지 않았다. 나는 한국어 강사에게 어울리는 가면 속에 철저하게 숨어 있었다. 강사실에서도 내가 소설가라는 걸 아는 동료는 거의 없었다. 내 이력서를 우연히 본 강사들이 간혹 그 진위를 묻기도 했지만 나는 소설이나 문학 이야기가 나오면 재빨리 화제를 바꾸거나 아예 자리를 피하곤 했다. 소설가의 얼굴을 감추려 했던 건 내

성향 탓도 있겠지만, 그보다는 그것이 소설에 대해 내가 취할 수 있는 예의라고 믿었기 때문이다. 사회에서 만난 사람들에게서 소설가라는 이름으로 호기심과 관심을 받고 싶지 않았다. 소설가로서의 나는 오로지 글을 쓰는 곳에만 있어야 한다고 생각했다. 물론 여전히 청탁도, 계약도 없던 때였지만 글을 쓰는 한 나는 소설가였고 소설가의 자의식은 가면을 쓰고 있는 동안엔 함부로 내보일 수 없었다. 때때로 그런 태도는 완전히 사회화될 수 없는 내 결여된 부분을 합리화하며 위로해주었지만, 한편으론 쉽지 않은 시간을 안기기도 했다. 소설을 쓴다는 이유로 문학에 큰 관심 없는 사람들에게 은밀히 우월감을 느끼고 있는 건 아닌가 하는 고통에 가까운 자기검열에 빠져 허우적대기도 했고, 결국 그 모든 건 작가로서의 나 자신에게 그리 떳떳하지 못해서일지도 모른다는 불안감에 괴로워하기도 했다. 폴란드에 가기 전, 나는 그곳의 강의실에서만큼은 솔직하고 싶다는 생각을 여러번 했다. 가면 따위 없이 소설과 문학에 대해 편하게 이야기를 나눌 수 있는 수업을 상상하며 흐뭇해하기도 했다. 강의 첫날부터, 그러나 나는 나의 그런 바람이 이루어지기 힘들다는 것을 받아들일 수밖에 없었다. 그건 학생들 탓이 아니라 내가 쳐놓은 장벽이 생각보다 너무 높아서였고, 또한 그들과 나 사이에 진지한 대화가 가능한 언어가 없어서이기도 했다. 우리가 나눌 수 있는 대화의 수준은 단계별로 구분된 표준한국어능력 중 '초급 2' 정도에 불과했다. 그

동안 잘 지내셨어요? 주말에는 보통 무엇을 해요? 한국어 공부가 재미있습니까? 한국 음식 중에서 무엇을 가장 좋아하세요? 그러니까 이런 정도의 질문과 대답을 나눌 수 있는 수준. 강의가 있는 날 아침이면 나는 한국에서처럼 서랍이나 가방을 뒤져 한국어 강사의 가면부터 꺼내 썼다. 혹시라도 마음이 통하는 학생을 만나면 선물로 주겠다는 야심 찬 계획에 챙겨갔던 나의 첫 소설집 세 권은 2008년이 다 끝나갈 때까지 기숙사 책장에 그대로 꽂혀 있었다. 꽤 오랫동안 거기 그대로 방치됐던 소설집은 한국인 교수 O와 2009년 봄학기부터 교환교수로 폴란드에 온 D대 교수 부부, 그리고 소설 취재로 벨기에에서 만난 기자 겸 유학생인 J씨에게 한 권씩 돌아갔다. 폴란드에서의 내 생활방식은 결국 크게 달라지지 않은 셈이었다.

폴란드 학생들과의 첫 수업은 3학년을 대상으로 하는 '실용한국어'라는 과목이었다. 수업 전, 노붐의 강사실에 들러 강의계획서를 출력하고 매점에서 사온 A4 용지로 복사를 했다. 폴란드에서는 강사에게 종이를 그냥 주지 않는다. 필요한 사람이 알아서 준비할 것. 비슷한 예는 마트나 우체국에서도 발견된다. 마트엔 포장용 박스가 마련되어 있지 않고 우체국엔 가위나 테이프 같은 것이 없다. 어떻게 보면 써비스 정신이 없는 허술함이지만 달리 생각하면 합리적인 공평성이다. 강의실에 들어가 복사한 수업계

수업이 시작되기 전의
강의실.

획서부터 나눠주자 학생들은 다소 의아해했다. 일반적으로는 수업에 필요한 자료는 학생들이 알아서 복사를 한다. 강사가 수업자료를 주면 학생 대표가 복사실에 가서 복사를 해오고, 그사이에 학생들은 1그로시(폴란드의 화폐단위)까지 정확하게 나누어자기 몫의 돈을 낸다. 학생 수에 맞춰 복사를 해온 내 행동은 선생으로서의 배려가 아니라 비합리적이고 불필요한 친절로 비춰진것이었지만 그때는 상황을 제대로 파악하지 못했다. 그후에도 그런 류의 문화 차이로 인한 사소한 오해는 자주 발생했다. 나는 매점에서 학생들을 우연히 만나면 종종 커피나 사과를 사주기도 했고, 학생들과 맥주라도 마시러 간 날이면 주머니를 탈탈 털어 미리 계산을 끝내곤 했는데 그때마다 학생들은 고맙다고 말하기 전에 "왜?"라고 먼저 물었고 나는 나대로 서운해져서 한동안 여기저기에 불평을 쏟아내며 다녔다. 연장자가 특별한 이유도 없이 돈을 내는 것에 그들이 일종의 거부감을 느꼈을지도 모른다고 깨달은 건 폴란드 생활이 거의 절반도 지났을 무렵, 어느 늦은 밤의 일이었다. 그날 나는 한국 회사에 취업해 수업을 잠시 쉬고 있던 4학년 학생들을 만나러 폴란드의 공업도시인 브로츠와프를 방문했다. 우리는 반갑게 만나 웃으며 저녁을 먹었고 맥주도 마셨다. 자리가 끝나고 헤어질 시간이 되자 학생 한명이 계산서를 받아오더니 각자 내야 할 돈의 액수를 말해주었고 그 액수는 나에게도 똑같이 돌아왔다. 한 학기 동안 수업을 맡았던 강사가 세시간에 걸쳐 기차를 타고 자신들이 일하며 사는 도시에 놀러 왔는데, 게다가 그들은 직장인이었는데, 야속하게도 n분의 1만큼 돈을 내라니. 그때의 서운함이란. 다정한 인사를 나누고 돌아서긴 했지만 그때 내 마음의 모양은 샐쭉하고 뾰로통하게 비뚤어져 있었을 것이다. 내가 느꼈던 그 순간의 서운함이 잘못되었음을 인정한 건 다시 포즈난으로 돌아가는 밤기차 안에서였다. 무언가를 사주고 돈을 대신 내주던 내 행동이 은연중에 관계의 위계를 환기하고 언젠가 받은 만큼 돌려줘야 한다는 불편한 부채감을 각인시킬 수도 있음을 간과했다는 것도. 학생들이 내게 원한 건 부담스럽지 않은 정도의 진정성인지도 몰랐다. 그래서 각자의 영역으로 돌아간 뒤에도 우리가 만난 시간이 유의미했다고 미소 지으며 떠올릴 수 있는 만큼, 그러니까 더이상 선생과 학생이 아닌 상황에서는 서로에게 연락하고 만나고 도와야 한다는 강박을 가질 필요가 없는 만큼. 그들이 옳았다. 한국으로 돌아온 후에도 간간이 이메일

학생들과 리네그에서.

을 주고받는 학생들은 있었지만 안부를 묻는 가벼운 연락조차 조금씩 소원해지기 시작했다. 언제부터인가 우리는 더이상 서로를 궁금해하지도, 걱정하지도 않았다. 서운함과 미안함은 똑같은 분량으로 차감되어갔다. 그립다, 혹은 보고 싶다는 말과 함께 내 소식을 묻는 폴란드 학생의 이메일을 받으면 어떻게 답장을 써야할지 몰라 한동안 노트북 화면에 떠 있는 커서만 뚫어지게 바라보다가 그대로 자리를 뜨기도 했지만, 그 사실이 못 견디게 미안한 적은 한번도 없었다. 내가 학생들에게 행했고 기대했던 선의와 배려는 문화나 성향에서 형성된 내 피부 같은 것일 뿐, 관계의심연에는 도달하지 못한 표피적인 의례에 불과했던 것이다. 돌이켜보면 나는 늘 그랬다. 폴란드에서도 나는, 학생들에게 최선을다하는 좋은 강사가 아니었다.

때로는 웃으며,

때로는 울며

　　　　　　날씨 얘기를 하지 않을 수 없다. 잘 알려져

있듯 유럽은 대체로 날씨가 좋지 않다. 사시사철 햇볕이 좋은 축복받은 땅은 이딸리아나 크로아티아, 스페인과 같은 남쪽 유럽에만 해당된다. 특히 11월부터 이듬해 3월까지는 우중충한 나날이 연이어지는데, 수시로 비나 눈이 내리고 어둠은 빨리 찾아오며 바람은 건조하고 차다. 그런데 폴란드의 겨울은 단순히 춥다는 표현으로는 부족하다. 한국의 겨울이 맑고 가볍게 춥다면 폴란드는 흐릿하고 무겁게 춥다고 해야 할까. 마치 바이올린과 첼로 소리의 차이처럼 말이다. 아무려나 10월 초에 폴란드에 도착한 나는 삼주가 지나기도 전에 길고 긴 겨울의 초입으로 떠밀려들어가게 된 셈이었는데, 이때는 오후 4시가 되기도 전에 어둠이 스미고 모든 관공서와 상점들도 일찍 문을 걸어잠근다. 수업이 끝나고 가방을 챙겨 학교를 나서면 벌써부터 밤의 한 자락이 발밑에 도달해 있는 날들이 많았다. 언제부터인가 나는 수업이 끝나도 곧바로 기숙사로 돌아가지 않고 노붐의 한국어학과 사무실에서 어둠이 도시를 완전히 장악할 때까지, 그래서 온 도시가 우주 속으로 침잠한 듯 캄캄함과 고요함이 창밖을 촘촘히 에워쌀 때까지 많은 시간을 보내곤 했다. 이름은 학과 사무실이었지만 사실 그곳은 텅 빈 창고 같은 공간이었다. 조교는커녕 컴퓨터도 없었고 전화기나 팩스도 갖춰져 있지 않았다. 그곳에 있는 건 책상 두개와 책이 꽂혀 있지 않은 책장 하나가 전부였다. 초라하다면 초라할 수도 있는 곳이었지만 내가 폴란드에서 정신적으로 조금이나

대성당으로 가는 길

포즈난의 바르타 강가

마 성숙해졌다면 그 시간을 마련해준 공간은 아마도 그 학과 사
무실이었을 것이다.

　보통 오후 5시 정도만 지나도 노붐엔 사람들의 발길이 뚝 끊기
고, 복도는 세상의 마지막 방공호의 비밀통로처럼 쓸쓸해진다.

학과 사무실에 들어가 내가 가장 먼저 하는 일은 스피커에 엠피스리를 연결하여 음악을 트는 것이었다. 그다음엔 창가에 기대서서 자판기에서 뽑아온 쓰고 뜨거운 커피를 맛있게 마셨고, 종이컵이 다 비워질 즘엔 노트북을 켜고 한글 프로그램을 열었다. 수업을 준비할 때도 있었고 학생들의 출결이나 숙제를 체크할 때도 있었다. 소설을 쓴 날도 있었지만 전날 쓴 문장들을 몽땅 지운 날도 그만큼 많았다. 한국에서 가져간 몇권 안되는 책을 반복해서 읽을 때도 있었고 폴란드어 책을 펼쳐놓고 '나는 한국어를 가르칩니다.' '중앙역은 어디입니까?' 같은 문장을 외울 때도 있었다. 그리고 간혹, 입술을 틀어막고 곰처럼 울기도 했다. 지갑은 얇고 추억은 빈약했지만 나는 늘 가진 것이 너무 많은 사람이었다.

난방이 꺼지고 배가 고파오기 시작하면 그제야 주섬주섬 가방을 챙겨 노붐을 나왔다. 그때까지 문을 연 상점은 그 도시에서 가장 번화한 쇼핑몰인 스타리 브로바르나 기숙사 근처에 위치한 까르푸뿐이었다. 대부분의 작은 상점은 날이 어두워지면 금세 문을 닫기 마련이다. 여행을 최대한 많이 다니기 위해 외식은 거의 하지 않았으므로 사나흘에 한번은 마트에 들러 장을 봐야 했다. 종이봉투에 빵, 야채, 생수, 햄, 달걀 등을 담아 다시 전차를 타고 덜컹덜컹, 기숙사로 돌아갔다. 완전히 어두워진 창밖의 흐릿한 풍경을 넋 놓고 건너다보고 있노라면 마치 우주열차를 타고 낯선 행성으로 떠나는 듯한 기분에 잠기곤 했다. 풍요로울 것 없는 하

눈 내린 다음 날 기숙사 앞에 누군가 만들어놓은 눈사람.

루하루였지만 누군가 그 시절로 돌아갈 수 있는 마법의 문을 딱 한번만 열어준다면, 나는 하루 일과를 마친 뒤 피곤한 몸을 싣곤 했던 8번 전차의 창가 자리 어딘가로 가장 먼저 걸어들어가고 싶다. 덜컹덜컹, 흔들리긴 했지만 하나도 슬프지 않았던 고독 속으로. 아니, 때때로 투명하게 슬프기도 했던 그 흔들림 속으로.

폴란드 대학은 여름방학은 길지만 겨울방학이 아주 짧다. 나는 여름방학이 끝난 후 새 학기 수업에 투입되었으므로 짧은 겨울방학만 경험할 수 있었다. 그래도 이따금 휴가가 주어지긴 했는데, 휴가가 다가올 때면 늘 여행가방을 꺼내놓고 짐부터 싸곤 했다. 여행에 대한 욕심은 대학시절 포기했던 유럽 배낭여행에 대한 미련이 그만큼 컸기 때문일 것이다.

내가 대학에 들어간 해는 1995년도였다. 1990년대 중후반 학번은 이전 세대로부터 '신세대' 혹은 'X세대'로 불렸다. 이 세대부터 유행하기 시작한 대학문화가 있었으니 바로 유럽 배낭여행과 어학연수였다. 유행이란 다분히 폭력적이어서 그것을 따르지 않는 자에게 열패감을 안겨주기도 한다. 물론 그 열패감은 미숙한 사람들이 스스로 만든 깨지기 쉬운 감정일 뿐이겠지만, 그렇다고 해서 미련마저 제어되는 건 아니다. 졸업을 일년여 앞둔 어느날, 여느 때처럼 학교에 가기 위해 아침에 일어나니 나라가 망했다는 뉴스가 보도됐다. 잘못한 것이 없는데도 뺨을 세게 한대 얻어맞은 기분이었다. 그날 아침, 나는 많은 것을 예감할 수 있었다. 졸업 전에 유럽 배낭여행을 꼭 한번 가고 싶다는 바람은 결국 이루어질 수 없을 거라는 예감도 그중 하나였다.

폴란드로 떠나기 전, 여행에 대한 내 계획은 원대했다. 폴란드에 머무르는 일년 동안 십개국 이상의 국가를 여행하는 것. 그 여행은 문학이라는 테마를 가져야 했다. 여행가방엔 그 나라에서 태어난 작가들 중 내가 가장 흠모하는 작가의 책 한권이면 충분할 터였다. 가령 프랑스엔 알베르 까뮈를, 영국엔 버지니아 울프를, 독일엔 토마스 만을, 체코엔 프란츠 카프카를 동행으로 데려가 그저 쉼 없이 거리를 걷는 여행. 걷다가 지치면 커피를 사 마시고 어디든 앉을 수 있는 빈자리가 있으면 가방에서 책을 꺼내 읽고 숙소에서는 마음속 조명을 켜놓은 채 맥주 한캔을 마시다가

크리스마스 무렵의 리에주

천천히 잠이 드는 그런 여행을, 나는 기대했고 꿈꾸었다.

　늘 그렇듯 인생은 뜻대로 되지 않는다. 인생이 설계도대로 흘러가지 않는 데에는 내 느린 현실적인 계산도 한몫할 것이다. 우선 아무리 같은 유럽권이라도 국경을 넘어 다른 국가로 이동하려면 많은 시간과 준비가 필요하다는 계산을 미처 하지 못했고, 경제적인 사정 또한 나는 헤아리지 못했다. 결국 이런저런 이유로 십개국 이상의 국가를 보헤미안처럼 자유롭게 여행하겠다는 원대한 계획은 물거품이 되고 말았다. 그러니 내 두번째 장편소설 『로기완을 만났다』의 길잡이가 되어준 벨기에 여행을 포기하지 않은 건 내게 주어진 행운이었던 셈이다. 사실 벨기에는 여행하고 싶은 나라 목록에 포함되어 있지도 않았다. 그곳은 오로지 인터넷 써핑을 하다가 우연히 발견한 시사잡지의 기사를 읽고 즉

홍적으로 선택한 여행지였다. 그 기사를 쓴 생면부지의 기자에게 이메일을 보낸 것이나 '그럼 오시라'는 기자의 답장 하나 믿고 브뤼셀행 버스를 탄 일 등을 떠올리면 지금도 그 무모함이 어디에서 나온 것인지 알 수 없어 배시시 웃음만 난다. 한국에서라면 어쩌면 불가능했을지도 모르는 용기였다. 아니, 한국에서는 유럽을 유령처럼 떠도는 어느 북한이탈주민에 대한 기사를 주의 깊게 읽지도 않았을 것이다. 폴란드에서는 내가 아무리 돌아갈 국가와 합법적인 신분증이 있었어도 매순간이 불안했던 이방인이었기에 조국과 신분이 없는 사람의 절박한 심정에, 그 깊은 상실감에 한발 더 가까이 다가가려 했던 것이 아닐까. 크리스마스 씨즌을 맞아 수많은 사람들로 북적이던 브뤼셀 거리를 하염없이 걸어 다녔던 2008년의 겨울엔, 그러나 새 장편을 쓰겠다는 구체적인 계획은 없었다. 그저 막연히 희망했다. 쓸 수 있기를, 끝이 나지 않더라도 일단 쓰고 나서 절망하기를, 누군가를 완벽하게, 아니 완벽에 가깝게 이해하기를.

　벨기에에 다녀온 이후에도 나는 틈틈이 한국어학과 사무실에 갔고, 그곳에서 북한이탈주민을 주인공으로 한 두번째 장편소설의 초고를 3분의 2정도 썼다. 커피와 음악과 어둠속에서. 어느날은 웃고 어느날은 울면서, 웅크린 곰처럼. 2009년 여름에 귀국할 때는 그 초고를 소중히 가슴에 품고 있었지만 한 계절 후엔 대부분의 문장이 지워졌다. 예상하지 못했던 슬럼프가 나를 기다리고 있었고, 지워진 초고의 여백을 다시 쓰면서 나는 그 시간의 예리한 모서리를 지나갈 수 있었다. 어떤 소설은 책으로 나오기 전부터 작가를 치유해주기도 한다는 걸 그 원고를 쓰는 동안 나는 배웠다. 그것으로, 충분하다, 때로는.

아우슈비츠,

그리고 다시 찾은 여행가방

           국경을 넘는 여행은 쉽지 않았지만 폴란드 내의 도시는 여러군데 다녔다. 토룬, 우치, 그단스크, 자코파네, 크라쿠프 같은 도시들이 내가 다녀본 곳이다. 그중 크라쿠프는 오랫동안 여행 시기와 경로를 조율하고 계획하며 출발 날짜만 손꼽아 기다리던 도시였다. 어쩌면 기다림은 폴란드에 도착한 날부터 시작됐는지도 모르겠다. 크라쿠프 근처에 자리 잡은 오시비엥침, 그러니까 아우슈비츠라 불리는 그곳이 그토록 강인하게 내 감각을 유인하고 있었다.

  아우슈비츠는 오시비엥침의 독일식 이름으로, 많은 이들이 알고 있는 것처럼 제2차 세계대전 당시 악명 높았던 유태인 수용소다. 아우슈비츠로 유명해진 곳이긴 하지만 사실 크라쿠프만 따로 본다면 폴란드 내에서는 가장 낭만적이고 활기찬 도시라 해도 무방하다. 라이브 까페에서는 쉽게 예술가를 만날 수 있고 광장에

아우슈비츠의 정문과
죽음의 벽, 그리고 교수대.

서는 거의 매일 축제가 열린다. 아우슈비츠로 떠나기 전, 나는 크라쿠프 광장에서 많은 시간을 보냈다. 일종의 예방접종 같은 시간이었다. 따뜻한 봄볕을 받으며 자전거를 탔고 거리의 악사들이 연주하는 음악을 들으면서 마음을 가다듬었다. 밝은 색의 옷을 입었고 달콤한 음식을 먹었다. 곧 마주할 참혹한 역사의 증거 앞에서 나는 최대한 침착하고 싶었다. 가을이나 겨울엔 묵묵히 참고 있다가 본격적으로 날씨가 화창해지는 4월이 되어서야 크라쿠프로 떠났던 것도 악천후로 인해 그 공간을 받아들이는 감각이 아프게만 훼손될지 모른다는 염려 때문이었다.

아우슈비츠에 대해서라면 이전에 다른 글에서 쓴 바 있다. 그 글에서 나는, 내가 그곳에서 느꼈던 참혹함은 '거리(距離)'에서 연유된 듯하다고 썼다. 그건 곧 삶과 죽음, 혹은 살아남는 고통과 추모 없는 죽음 사이의 거리였다. 아우슈비츠는 하나의 살인공장이면서 동시에 아주 열악하게나마 수용시설이 갖춰진 곳이다. 숙소 옆에는 '죽음의 벽'으로 불리던 총살장이 있고, 샤워장 창밖으로는 교수대가 보이는 식이다. 게다가 수용소 끝엔 가스실과 화장터가 자리하고 있으며 담벼락은 고압전류가 흐르는 철조망으로 둘러싸여 있다. 그러니 그곳에선 잠자리에 누우면서 총소리와 비명을 들어야 하고, 샤워를 하면서는 교수대에 목을 내놓는 누군가의 일그러진 얼굴을 목격해야 하는 것이다. 화장실에 가다가, 혹은 밥을 먹다가 문득 고개를 돌린 곳에는 영문도 모른 채 알

몸이 되어 가스실로 끌려가는 수감자들의 행렬이 반복적으로 펼쳐지기도 했을 터이다. 어제의 동료가 혹은 소중한 사람이, 설사 아무런 사적 관계가 없다 해도 하나의 고유한 인격체임은 분명한 누군가가 철조망에 걸려 살점이 타들어가거나 끔찍한 생체실험의 대상으로 차출되는 그 모든 과정을 감각할 수 있는 살아 있는 눈으로 지켜보기도 했으리라. 작별 인사도, 한방울의 눈물과 추모의 기도도, 생존을 위한 침묵 속으로 꾹꾹 밀어넣어야 했던 그들 한명 한명의 역사를 대체 어떤 언어로 써야 하는 건지 나는 알 수 없었다. 단 하나의 문장도, 떠오르지 않았다.

오후 3시 무렵, 아우슈비츠를 빠져나오는 버스에 탑승했다. 무의식적으로 이를 너무 꽉 깨물고 있었는지 턱이 조금 아파왔을 뿐, 나는 울지 않았다. 나는 인생의 어떤 장면은 그럴 수밖에 없도록 설계되고 조직된 거라고 믿는, 구제불능의 감정적인 운명론자이다. 그래서 그 수많은 나라 중 폴란드로 떠났던 것이나 폴란드에 머문 덕분에 아우슈비츠를 방문한 것을 운명적인 끌림으로 여겼다. 인생에서 아우슈비츠를 다녀온 경험이 운명이고 끌림이라면 후회는 불필요한 감정적인 낭비이거나 진심이 아닌 가볍고도 하찮은 푸념이지 않을까. 그러나 알고 있었다. 아직 알에서 부화되지 않은 어떤 생명체처럼 그저 나만의 안온한 세계에 웅크리고 앉아 몽롱하게 버스에 실려가는 동안, 아우슈비츠를 인생에서 한번 더 가는 일은 없으리라는 것, 또한 그 공간이 본격적으로 등장하는 소설은 끝내 쓰지 못하거나 쓴다 해도 아주 오랜 세월이 지난 후이리라는 것을 자연스레 깨닫게 되었다. 그 깨달음은, 안타깝게도, 어쩌면 다른 방식의 후회였는지도 모르겠다.

　나는 천천히 걸었다. 여행에 대한 갈증은 계속 이어졌지만 사실 여행을 떠난 주말보다 기숙사에 남아 있는 주말이 훨씬 더 많았다. 여행을 가지 못한 주말 저녁이면 늘 그랬듯이 기숙사를 나와 주택가를 통과하여 도로 쪽으로 오래오래 걸었다. 다른 언어권에서 온 동료 강사를 우연히 만날 때도 있었고 한국에서 온 D대 교수 부부와 광장 근처의 커피숍이나 펍을 찾아가는 날도 있었으나 대체로 나는 혼자였다. 포즈난은 폴란드의 다른 도시들처럼 호수가 많았다. 호수 때문인지 안개가 자주 끼었고, 밤이 되면 안개가 짙어지면서 몽환적인 분위기가 흘렀다. 서울에 두고 온 내 방과 책들과 문학에 대해 떠들어댈 수 있는 술자리가 그리워지곤 했다. 그리움만큼 두려움도 커졌다. 소설을 계속 쓸 수 있는가에 대한 두려움이었을 것이다. 아니다. 한 인간으로서 내 남은 삶을 잘 살아낼 수 있을까에 대한 두려움에 가까웠다. 언제부터였는지 정확하지는 않지만 나는 아주 오래전부터 스스로를 신뢰하지 못하고 있었다. 믿을 수 없었기에 내가 하는 말과 쓰는 글에 진실성의 척도를 들이밀며 검열하고 또 검열하면서 살아왔다. 아니다. 내 검열은 늘 허술했고 자족적이었으므로 진정한 의미의 검열이 아

해 질 녘의 보스턴 거리 풍경.

니었다. 작가로서 부족하다고 늘 자책해왔지만 그 자책의 심연엔 내 나름대로 최선을 다하고 있다는 위로가 있었다. 멀리 떠나 있었지만 내 정체성의 많은 부분은 그대로였다. 나는 종종, 흙이나 모래가 없는 자갈뿐인 길을 맨발로 걷는 기분이었다.

 그런 적이 있다. 우체국에 가는 중이었는데 여러번 다닌 길인데도 이상하게 나는 같은 자리만 맴돌고 있었다. 우체국 문이 닫히는 시간이 가까워지면서 초조함도 커져갔다. 그날 따라 길을 물을 만한 행인도 보이지 않았다. 한발 떨어져서 본다면 결코 다급한 상황이 아니었는데도 나는 어쩐지 이성을 잃어가는 기분이었다. 과장된 공포감에 짓눌려 이리 뛰고 저리 뛰다가 보드를 들고 가던 소년을 만났다. 우체국을 묻는 내게 소년은 손가락 하나를 들어 공원 건너편을 가리켰다. 우체국은 내가 헤매던 곳에서 불과 50여 미터 떨어진 곳에 있었다. 우체국이 눈앞으로 다가온 순간, 어느날의 확신이 떠올랐다. 프랑크푸르트 공항에서 슈트케이스를 찾지 못하고 포즈난행 완행열차를 탔던 그날의 그 확신, 바로 두 문장으로 이루어진 끝없는 위로였다.

한국으로 돌아온 후 내가 겪었던 슬럼프의 핵심은 '나는 왜 쓰는가'라는 질문에 대한 내 나름의 철학적이고 작가적인 대답이 없다는 자각 때문이었다. 그 자각은 너무 늦은 감이 있었고 나는 내게 글을 쓸 자격이 없다고 단정하곤 했다. 슬프고도 괴로웠던 단정들, 삼키기 힘든 덩어리 같던. 우체국을 찾지 못하고 헤매던 그 저녁을, 나는 생각하게 됐다. 길을 잃지 않을 거라고, 조금 늦게 도착하는 것뿐이라고, 과거로부터 호출된 그 장면은 자주 그렇게 말을 걸어주었다. 내 손에 들어왔던 티켓엔, 다만 내가 눈을 크게 뜨고 제대로 확인하려 하지 않았을 뿐, 처음부터 목적지가 적혀 있었을 것이다. 내가 나이 들수록, 그리고 고민할수록, 그 목적지는 죽음만큼 가까워질 터였다.

그러니 내가 2008년 가을부터 2009년 여름까지 소리 없는 낮은 걸음으로 통과한 것은 유럽의 먼 동쪽 나라가 아니라 그저 '폴란드'라는 시간이었다고 말해도 되지 않을까. 꽤 긴 시간 납작하게 접혀 있던 페이지를 오랜만에 다시 들여다보고 있는 지금 이 순간의 행복까지도 어쩌면 그 시간은 소중히 보듬고 있었는지도 모르겠다. 짐작하겠지만, 보라색 슈트케이스와 우체국이 희미하게 찍혀 있는 페이지가 활짝 펼쳐진 채 지금 내 눈앞에 놓여 있다.

몽골에서 부친 엽서

김미월

비 솔롱고스 훈

　　　대학에 다닐 때 한 학기 동안 몽골어를 배웠
다. 어학에 흥미도 없었거니와 내 인생에 설마 몽골어를 써먹을
일이 생기리라고는 상상도 하지 못했기에 수업을 듣는 둥 마는
둥 했다. 그래도 지금 기억하는 몽골어 단어가 하나는 있으니 신
통한 일이라고 할까. 솔롱고. 우리말로 풀이하면 무지개.
　왜 하필 그 단어가 머릿속에 남았는지는 알 수 없으나 솔롱고,
하고 발음할 때마다 괜히 기분이 좋아진다. 그건 그때도 그랬고
지금도 그렇다. 하지만 강의실 구석에서 무료한 얼굴로 몽골어
교재를 펴놓고 잡생각에 빠져 있던 십여년 전의 나로부터 비행기
에서 포켓 몽골어 회화책을 한장씩 넘겨가며 '솔롱고'를 찾아보
고 있는 지금의 나까지는 얼마나 먼가. 내가 질문해놓고 내가 아

울란바타르는 인구 포화 상태라 시내에 더이상 집 지을 공간이 없다.
산목대기까지 들어찬 집들 사이사이 새로가 눈에 띈다.

득해한다.

비행기가 칭기즈 칸 공항에 착륙한 시각은 자정이었다. 탑승구
가 열렸다. 나는 숫자 '12' 위에 하나로 포개진 손목시계의 시침과
분침을 한시간 왼쪽으로 옮겼다. 그리고 눈앞에 펼쳐진 밤 11시의
몽골 땅을 향해 씩씩하게 첫발을 내디뎠다.

코디네이터 온드라, 울란바타르 대학교 총장의 운전기사 빔바.
공항에 미리 나와 있던 두 몽골인이 용케도 나를 먼저 알아보았
다. 십자가가 그려진 티셔츠를 맞춰 입은 교회 신도 무리와 여행

사 이름이 적힌 패찰을 목에 건 단체 관광객들 사이에서 여자 혼자 배낭을 멘 채 주위를 두리번거리는 모습이 눈에 띄긴 띄었을 것이다.

"그런데 짐이 이게 다예요?"

한국어 발음이 제법 자연스러워서 순간 그들이 한국 사람이 아니라는 사실을 잊을 뻔했다.

"다른 짐 없어요?"

그렇다고 재차 대답했는데도 두사람은 어리둥절한 눈빛을 쉬이 거두지 못했다. 남의 나라에 석달이나 체류하겠다는 이가 달랑 배낭 하나 메고 왔다는 것이 믿기지 않는 모양이었다. 하기야 늘 그랬다. 여행지에서 만나는 사람들은 국적이 달라도 매번 똑같은 질문을 내게 던지곤 했다. "아니, 짐이 정말 이것밖에 없어요?"

저기, 그게, 여행자에게는 원래 눈썹도 무거운 법이잖아요. 그래서 저는 꼭 필요한 것만 챙겨가자는 걸 여행수칙 제1조로 삼고 있기 때문에……

여느 때처럼 해명하려다가 그냥 입을 다물었다. 초면에 쑥스럽기도 했고, 길게 얘기하면 이제 겨우 스무살 넘었을까 말까 한 이 어린 몽골 친구들이 알아듣기 어려울 것 같기도 했다. 그들이 한국어를 조금 안다고 해도 나는 네이티브 스피커. 영어를 조금 아는 나 역시 잉글리시 네이티브 스피커 앞에만 서면 불현듯 청각

장애에 실어증까지 앓는 환자가 되지 않던가. 그러나 이 가상한 역지사지 정신에 입각한 판단이 얼마나 섣부른 것이었는지를 깨닫는 데는 삼십분도 채 걸리지 않았다. 숙소가 있는 울란바타르 대학교로 가는 차 안에서 그들은 저희끼리 몽골어로 대화하는 틈틈이 내게 한국어로 말을 걸었는데, 그 주된 화제가 나도 미처 못 본 한국 드라마와 미처 못 들어본 한국 최신가요였던 것이다. 상당히 수준 높은 회화였다. 아이돌 그룹의 노래 가사를 알아듣기가 어렵다며 속상해하는 온드라에게 나는 말했다.

"괜찮아요. 그거 한국 사람들도 못 알아들어요."

빔바와 온드라가 동시에 웃음을 터뜨렸다. 그러니 내 말 속에 숨은 농담의 기미까지 읽어낼 수 있을 정도로 그들의 한국어 실력은 출중한 것이었다.

공항에서부터 울란바타르 시내로 들어가는 길은 외지고 컴컴했다. 바깥 풍경이 궁금하여 차창에 눈을 바싹 가져다댔지만 내가 볼 수 있었던 것은 포장 상태가 엉망인 도로 위에서 자동차가 덜컹거릴 때마다 어김없이 창에 이마를 부딪히고는 그래도 안 아픈 척 시치미를 떼는 나의 얼굴뿐이었다.

우리가 타고 있는 차는 쌍용 렉스턴. 차 안에 흐르는 음악은 김범수의 노래. 한국 가수 중에서 빅뱅의 탑이 제일 좋다고 한국어로 수다를 떠는 온드라. 이곳은 어디인가. 나는 왜 이곳에 왔는가. 문득 문화예술위원회의 작가파견 프로그램 인터뷰에서 받았던

누군가 놓고간듯한 안에 채워질 지어놓고 살고 있다

질문들이 떠올랐다.

"왜 몽골을 택했나요?"

"몽골에 가서 뭘 할 건가요?"

예, 저는 몽골의 광활한 원시 자연 속에서 유목민의 삶을 간접 체험해보고 작가로서 사유의 폭을 넓혀보고 싶습니다. 그리하여 저의 창작역량을 강화하고 나아가 몽골문학과 한국문학의 접점을 찾아 그들의 문학을 받아들이고 우리 문학을 그들에게 전파하는 등 문학 교류에 힘써서 한국문학이 세계문학의 한 축으로 가일층 확고히 자리매김할 수 있도록 최선을 다하고자 합니다.

예상 질문에 맞춰 준비했던 답은 대강 그러한 것이었다. 하지만 정작 그 자리에서 내놓은 답은 달랐다.

"그냥…… 먼 곳에 가고 싶었습니다."

어처구니없는 대답이었으나 해놓고 나니 홀가분했다. 진심이었으니까. 나는 그저 멀리 가고 싶었으니까. 아마도 오래 앓고 난 직후였기 때문일 것이다. 자리에 누울 때는 겨울이었는데 몸을 일으켜 문밖을 나서니 바야흐로 봄이었기 때문에.

사실 물리적인 거리로 따진다면 몽골이 먼 곳은 아니었다. 멀지 않은 정도가 아니라 일본, 중국, 대만과 함께 가까운 곳으로 손꼽히는 나라였다. 그러나 물리적으로 먼 유럽은, 미국은, 인도는, 호주는, 다른 나라는 언제든 훌쩍 갈 수 있을 것 같은데 이상하게도 몽골은 그렇지 않았다. 심정적으로 먼 곳이었다고 할까. 일부러 마음먹지 않으면 갈 수 없는 곳 같았다. 나는 '마음먹고' 싶었다. 내가 '뭔가를 하고 있다'는 느낌을 받고 싶었다. 아픈 몸과 함께 누워 내 세계의 끝이 좁은 방 사면의 벽과 낮은 천장이라는 사실을 곱씹던 그 겨울에 나는 얼마나 자주 상상했던가. 먼 곳, 익숙하지 않은 곳, 아직 모르는 곳, 그래서 두렵고 신비스러운 곳을.

얼떨결에 떠나오느라 여행 준비도 제대로 하지 못했다. 몽골에 관한 책 서너권을 읽은 것이 다였다. 그 책들이 공통적으로 말하는 바는 몽골인이 한국을 매우 좋아하고 동경한다는 것이었다. 그중에는 우리 민족이 아메리칸드림을 품고 살았듯 몽골 민족도

에드태국의 조원에
라라이 칭기스 칸 홍상.
칭기스 칸에는
마스코인 관다.

진혼석을 울린 후
신랑 신부는
의례적으로
수호바타르 광장의
칭기스 칸 동상 앞에서
기념사진을 찍는다.

코리안드림을 품고 산다며, 몽골어로 '무지개'가 '솔롱고'인데 '한국'이 '솔롱고스'인 것은 그들이 우리나라를 '무지개의 나라' 쯤으로 여긴다는 증거라고 주장하는 책도 있었다.

그러나 내가 만난 몽골인들은 모두 이 설을 부정했다.

차가 마침내 울란바타르 대학교 기숙사에 다다랐다. 그런데 이를 어쩌랴. 기숙사 입구의 철문이 잠겨 있는 게 아닌가. 온드라와 빔바가 문을 두드리며 무어라 큰 소리로 외쳐댔지만 잠긴 문 안쪽은 잠잠하기만 했다. 나는 그들 뒤에 서서 담장을 이리저리 살펴보았다. 추웠다. 때는 8월 한복판이었지만 몽골은 9월부터 눈이 내리니 우리나라로 치면 늦가을 밤에 셔츠 한장 걸치고 한데서 떨고 있는 격이었다.

"여기 개구멍 없어요?"

"개구멍요? 그게 뭐예요?"

아, 이런. 개구멍을 모르다니. 역시 회화의 구멍은 어휘에 있었다. 나는 그들에게 개구멍에 대해 설명해주었다. 세상에 오래된 담장 치고 개구멍이 없는 것은 드물며 우리도 당장 그것을 발견하기만 하면 만사형통이라고. 밤공기가 점점 더 차가워졌다. 어깨가 떨리고 이가 서로 맞부딪쳤다. 그러나 개구멍은 보이지 않고 빔바와 온드라는 각자 어딘가로 전화를 거느라 바빴다. 그들의 목소리는 컸고 억양은 다투기라도 하는 것처럼 사나웠다. 고요하던 밤거리가 삽시간에 내가 알아들을 수 없는 낯선 언어의 조각들로 흐트러졌다. 거칠고 딱딱하고 날이 서 있는 말. 몽골어는 어쩐지 결보다 각이 먼저 느껴지는 언어라는 생각이 들었다.

내 방은 기숙사 꼭대기 6층에 있었다. 건물에는 엘리베이터가 없었고 계단의 등은 전구가 나간 것이 여럿 있어 층이 바뀔 때마다 주위가 밝아졌다 어두워졌다 했다. 늙수그레한 수위가 손전등을 비추며 앞장을 섰다. 그는 내가 잘 따라오고 있나 확인하는 것인지 층계참에서 종종 뒤를 돌아보았는데 나와 눈이 마주치면 씩 웃었다. "안녕하세요" 하고 인사를 건네도 대꾸가 없기에 한국말을 전혀 못하는 줄 알았더니 웬걸, 방까지 나를 인도해준 후 돌아서다 말고 그가 물었다.

"한국, 사람?"

발음이 서툴러서 오히려 정겹게 들렸다. 예, 맞아요, 아저씨. 나는 고개를 끄덕였다. 그리고 잠시 머뭇거리다가 용기를 내어 대답했다.

"비 솔롱고스 훈."

그가 입을 크게 벌리고 웃었다. 앞니가 몽땅 빠지고 없었다. 우리가 방금 지나쳐온 불 꺼진 복도처럼 어두운 그의 입속을 들여다보며 나도 웃었다. 저는 한국 사람입니다. 비 솔롱고스 훈. 그것은 내가 몽골 땅에서 처음으로 발음해본 몽골어 문장이었다.

몽골에서의 재회

몽골은 땅덩이가 큰 나라다. 칭기즈 칸이 세계 최초로 유라시아를 통일하여 대제국을 건설했던 시절하고야 비교할 수 없겠지만 지금도 충분히 대륙이라 할 만하다.

내가 이 나라가 크다는 것을 처음 실감한 곳은 다름 아닌 내 방이었다. 주방 겸 거실, 욕실, 침실, 이렇게 세 부분으로 구성된 방이 실로 앗, 소리가 나올 만큼 넓었던 것이다. 약간 과장하자면 방에서 산책을 해도 될 정도였다. 욕실 크기가 서울의 내 방만 했으니 무슨 설명을 더 보태랴. 나는 이 넓디넓은 일인용 방이 흡사 국토가 우리나라보다 일곱배이상 넓지만 인구는 고작 삼백만명도 안되는 몽골 대륙의 축소판 같구나 하고 생각했다.

카메라 뷰파인더에 다 잡히지도 않을 만큼 넓겠다, 남향과 동향으로 큼지막하게 난 창을 통해 하루종일 햇빛이 쏟아져 들어오니 밝겠다, 울란바타르 평균고도가 해발 1500미터이니 높겠다, 그곳은 내 생애 가장 넓고 밝고 높은 방이었다. 그 방에서 보내는 시간을 나는 좋아했다. 정전이 잦은 저녁 어스름에 촛불을 켜놓고 방안과 방 밖이 같은 밀도의 어둠으로 물드는 것을 지켜보는 순간이 좋았다. 아침마다 동쪽 창 아래 놓인 침대에 누워 눈은 뜨지 않고 정신만 뜬 채로 햇빛에 오래 몸을 담그고 있던 순간도 좋았다.

몽골에 도착하고 나서 한동안 나는 아무것도 하지 않았다. 계획하지도 않고 실천하지도 않고 반성하지도 않았다. 그것이 위안이 되었다. 아무것도 하지 않음으로써 내가 나를 위해 무엇인가를 하고 있다는 느낌을 받을 수 있다니, 그것만으로도 경이로운 날들이었다. 나는 하루에 마흔여덟시간을 가진 사람처럼 살았다.

천천히 먹고, 오래 자고, 천천히 생각하고, 이따금 밖으로 나가 오래 걸었다.

그러나 평화로운 방 안 풍경과 대조적으로 바깥은 늘 아수라장이었다. 길은 좁고 사람은 많고 차들은 난폭했다. 교통법규는 유명무실해서 모든 도로가 전쟁터요, 시장터였다. 더더욱 황당한 것은 운전석의 위치였다. 일반적으로 차량이 우측통행이면 운전석은 왼쪽에 있어야 한다. 반대로 차량이 좌측통행이면 운전석은 오른쪽에 있게 마련이다. 그러나 몽골에서는 차량이 우측통행인데 운전석이 왼쪽에 있기도 하고 오른쪽에 있기도 했다. 어디 그뿐인가. 대중없기로 치면 택시의 경우가 더했다. 공항에서 볼 수 있는 소수의 특정 회사 택시를 빼면 나머지는 차체에 그것이 택시임을 알리는 표시가 전혀 없어서 개인 승용차와 구분이 되지 않았다. 따라서 승용차가 지나가면 무조건 다 세운다. 그것이 서면 택시고 안 서면 개인 차라고 생각하면 된다. 이것이 몽골에서 택시 잡는 매뉴얼이었다.

나는 좀처럼 길을 건너지 못했다. 질주하는 차들 사이로 천연덕스럽게 뛰어들어 길을 건너는 보행자들의 배짱도 놀라웠지만, 아무 때나 끼어들고 추월하고 유턴하는 운전자들의 배포는 비현실적이기까지 해서 그들이 얽히고설키는 풍경을 넋 놓고 구경하다 보면 정작 내가 길 건널 때를 놓치기 일쑤였던 것이다.

"여기 운전자들은 자기가 몰고 있는 게 말인 줄 안다니까."

전차의 차비는 200투그리크(한화 180원가량).
전깃줄에서 전차 연결고리가 이탈하면 운전기사가 직접 차 지붕으로 올라가 끼운다.

내게 이렇게 말해준 사람은 몽골 소설가 아유르잔이었다. 그는 내가 두번째로 사귄 몽골인 친구였다. 나를 그를 2010년 강원도 원주의 토지문화관에서 만났다.

"울란바타르에서 운전을 잘한다면 그 사람은 전세계 어디서든 운전을 잘할 수 있어."

이렇게 말해준 사람은 몽골 시인 울지터그스. 그녀는 내가 첫번째로 사귄 몽골인 친구였다. 역시 토지문화관에서 만났다. 2008년의 일이었다.

토지문화관에서 저녁에 혼자 산책을 나가면 나처럼 혼자 산책을 나온 울지터그스와 마주치는 일이 종종 있었다. 우리는 함께 마을 길을 걸으며 이야기를 나누었다. 엉터리 영어 탓에 대화는 돌부리에 발이 걸려 넘어지듯 자주 휘청거렸지만 마음은 잘만 통했다. 그녀는 자신의 시에 대해, 남편과 자녀들에 대해, 몽골에 대해 이야기했다. 나도 나의 소설에 대해, 없는 남편과 자녀들에 대해, 한국에 대해 이야기했다. 그녀는 나를 몽골어로 '아름다운 달' 즉 '미월(美月)'을 뜻하는 '거사랑'이라 불렀고 나는 그녀를 한국어로 '언니'라고 불렀다. 그렇게 두달을 보낸 후 그녀는 몽골로 돌아갔다.

그리고 그로부터 꼭 이년 뒤 아유르잔을 만났을 때 나는 다짜고짜 물었다.

"혹시 울지라는 시인 알아요?"

"물론이죠. 잘 압니다."

나는 눈을 크게 떴다.

"아, 정말요? 울지는 제 친구예요!"

"아, 정말요? 울지는 제 아내입니다!"

"아…… 정말요?"

그가 대답 대신 웃으면서 내게 손가락으로 총 쏘는 시늉을 했다. 탕! 으윽!

그렇게 나는 아유르와도 친구가 되었다. 그때만 해도 설마 내가 몽골에 갈 일이 생기리라는 예상은 하지 못했는데, 과연 사람의 앞일이란 알 수 없는 것이었다.

"미월, 넌 어디에 가고 싶어?"

"미월, 네가 먹고 싶은 걸 말해봐."

몽골에서 나는 현지의 유명 작가 두명을 기사 겸 가이드로 대동하고 울란바타르 곳곳을 누비는 호사를 누렸다. 우리는 간단 사원과 초이진 라마 박물관과 자나바자르 미술관과 자이산 전승탑을 방문했다. 몽골의 전통음식을 잘하는 식당과 현대음식을 잘하는 식당을 순례했다. 아유르는 밥을 먹든 차를 마시든 절대로 내가 계산을 하지 못하게 했다. 울지는 자신이 아는 멋진 몽골 남자와 소개팅을 하지 않겠느냐며 나를 구슬렸다. 말하자면 두사람 다 지나치게 친절했다.

울란바타르 근교로 소풍을 간 날은 어떠했던가. 초원에 돗자리를 깔고 울지가 꺼낸 점심 도시락을 본 순간 나는 말을 잊었다. 그것은 김밥이었다. 내가 한국 음식을 그리워할까봐 새벽부터 만들었다며 그녀는 맛이 없으면 어쩌나 걱정했다. 야채는 없고 몽골 햄과 몽골 쏘시지와 몽골 달걀이 들어 있던 그 동물성 김밥은 의외로 맛이 좋아서 나는 양이 모자라면 어쩌나 걱정이었다. 도시락을 다 비우자 기다렸다는 듯이 아유르가 후식으로 커피를 권했다. 눈에 익은 황토색 스틱 커피. 맥심 모카골드. 그는 전날 일부러 한국 슈퍼마켓까지 가서 그것을 공수해왔노라 했다. 그 소풍에서 내가 어디를 갔고 무엇을 보았는지는 잘 기억나지 않는다.

김밥과 맥심 커피의 여운에 묻혀서.

비단 그들 부부뿐 아니라 내가 만난 몽골 사람들은 모두 정이 깊었다. 그러나 그들의 후의와 배려 속에서 나는 내가 이방인이라는 사실을 수시로 자각하곤 했다. 관계에 일상이 빠져 있었기 때문이다. 주말만 있는 달력 같았다고 할까. 토요일, 일요일 그다음에 다시 토요일, 일요일이 이어지는, 날마다 휴일이라서 오히려 불안한 세계. 나는 내게 속삭였다. 이곳은 낯선 땅이야. 나는 손님일 뿐이야. 잠시 머물다 떠날 거라고.

그러고 나면 마음이 가라앉았다. 달리는 자전거 위에서 바라보는 세상이 평화로운 것처럼, 이어폰으로 음악을 들으며 걷는 거리가 아름다운 것처럼, 곧 떠나갈 땅에 머무르고 있다는 것을 기억하는 동안 만큼은 무엇에든 너그러울 수 있었다.

어느새 9월도 중순이었다. 하현달이 뜬 것을 보고야 추석이 지났음을 알아차린 어느 밤, 나는 노트북의 전원을 켰다. 몽골에 온 후 처음으로 한글 프로그램을 실행시켰다. 그리고 소설을 쓰기 시작했다. 지난 반년 동안 단 한줄의 소설도 쓰지 않아온 터였다. 반년 만에 자판 두드리는 소리를 듣고 있노라니 늦은 나이에 첫 취업을 한 신입사원처럼 긴장이 되었다. 나는 실수를 연발했고 그럴 때마다 움츠러들었다. 그래도 나는 매일 잊지 않고 노트북 앞에 앉았다.

소설을 쓰는 틈틈이 책도 읽었다. 짐을 줄이느라 한국에서 책

을 한권도 가져오지 않은 내가 몽골에서 부지런히 읽은 유일한
책은 『UB Korea Times』였다. 그것은 몽골한인회에서 무료로 배
포하는 월간 생활정보지로 이를테면 「벼룩시장」의 잡지 버전이
었다. 책에는 한글로 정리된 몽골 관련 정보가 가득했다. 그것을
읽으면서 나는 가계부 작성에 골몰한 주부처럼 심각한 얼굴로 몽
골의 식품 가격 동향을 분석하곤 했다.

음, 육류 중에서 양고기가 제일 싸군. 지난달에는 닭고기가 더
싸더니. 가장 비싼 것은 이달에도 역시 돼지고기야. 아니, 마요네
즈가 이젠 돼지고기보다 더 비싸네? 오, 쌀값도 40퍼센트나 상승
했구나.

그러고 나서는 장을 보러 갔다. 온드라와 함께 갈 때도 있었지
만 대부분 나 혼자 갔다. 통역이 필요한 경우가 별로 없었기 때문
이다. 숙소에서 시장까지는 도보로 십분이면 충분했다. 울란바타
르 최대 재래시장인 나란툴 시장이 숙소 바로 옆에 있고 현대식
슈퍼마켓도 숙소 인근에 여러개 있었다. 그러나 나는 매번 멀리
돌아가는 길을 택했으므로 시장까지 한시간이 걸릴 때도 있고 두
시간이 걸릴 때도 있었다. 씨름경기장을 지나, 중앙우체국을 지
나, 북한대사관을 지나, 셀베 강을 지나, 국립백화점을 지나, 역사
박물관을 지나……

가는 길은 늘 바뀌었으나 가는 길에 체중을 재는 일은 바뀌지
않았다. 울란바타르 시내에는 체중계를 길바닥에 내놓고 요금

우리나라의 1000원 상점처럼
몽골에도 999투그리크 상점이 있다.

100투그리크(한화로 90원가량)에 체중을 재주는 노인들이 있었
다. 그 정도 푼돈이 생계에 보탬이 되기나 할지 의아했지만 나는
번번이 체중계에 올라섰다. 제조된 지 이십년은 되었을 낡고 부
실한 아날로그 체중계는 차라리 장난감 같아 보였다. 그래서인지
잴 때마다 체중이 들쑥날쑥했다. 아무려나, 나는 그냥 웃었다. 노
인도 웃었다. 말이 줄면 웃음이 느는 법일까.

　밥 먹고 소설 쓰고 생활정보지 읽고 산책을 하거나 시장을 보
고 숙소로 돌아와서는 아까 쓴 소설을 고쳐 쓰다가 잠드는 날들.
일상이 머무는 곳과 일상에서 먼 곳의 경계가 모호해지고 내가
먼 곳에 와 있다는 자각마저도 모호해져가고 있었다.

몽골 하면 누구나 공통적으로 떠올리는 이미지들이 있을 것이다. 양떼가 한가로이 풀을 뜯는 초원, 그 광막한 땅에 신이 흘린 빵 부스러기처럼 띄엄띄엄 자리한 게르, 그리고 무엇보다 끝없이 펼쳐진 모래사막. 내가 몽골에 간다고 했을 때 사람들은 하나같이 반응했다. 오, 그럼 고비사막에 가겠구나!

나는 그곳에 갈 계획이 없었다. 멀기 때문이었다. 한국에서 먼 곳을 찾아 몽골까지 왔는데, 이미 먼 곳에 있으면서 또다른 먼 곳에 갈 필요가 있겠는가. 게다가 고비는 심정적으로뿐 아니라 물리적으로도 멀었다. 울란바타르에서 자동차로 꼬박 사흘을 달려야 다다를 수 있는 곳. 허허벌판에 길다운 길도 없고 이정표도 없어 베테랑 몽골인 운전자 없이는 갈 수 없는 곳. 그나마 있는 길도 험하기 짝이 없어 타이어 펑크는 예삿일이요, 배기량 5천 씨씨 이하 차로는 갈 엄두도 못 내는 곳.

고비뿐만이 아니었다. 그때는 몽골 땅 어디든 딱히 가야겠다는 생각이 없었다. 가고 싶은 곳이 있다면 아마 쓰고 있던 소설의 마지막 장이었으리라. 나는 바다를 배경으로 하는 단편소설을 쓰고 있었다. 하필 바다가 없는 땅에서 바다가 등장하는 소설을 쓰는 셈이었다. 물론 꼭 그런 이유에서만은 아니었겠으나 작업은 지지

고비 가는 길
매주 유채꽃 밭을 인상케 하는 이 꽃밭을 거닐다보면
화분 때문에 마치며 운동화가 노랗게 변한다.

부진했다. 나는 한 문장 한 문장 공들여 썼다. 그리고 한 문장 한
문장 공들여 지웠다. 1장 쓰고 1장 지우고 2장 쓰고 2장 지우고.
그래도 남은 것이 0은 아니었으므로 괜찮았다.

아니, 괜찮다고 믿고 싶었다. 실은 괜찮지 않은지도 모르겠다
는 마음이 괜찮다고 믿고 싶던 마음에 그림자를 드리울 무렵, 몇
주 전엔가 한국에 다니러 갔던 케이 시인이 돌아왔다. 나와 같은
프로그램으로 몽골에 온 그녀는 내 앞방에 머물고 있었다.

커피 한잔 마시자고, 아침밥 먹으러 오라고, 케이는 이따금 나
를 방으로 초대했다. 그녀 방에는 없는 것이 없었다. 꽃이 핀 화

분이 있고, 그림이 든 액자가 있으며, 손님용 슬리퍼가 있었다. 케이 자신은 먹지도 않는 과자가 박스째 있고, 석달 열흘 앓아누워도 다 복용하지 못할 양의 상비약이 종류별로 있는데다, 볼펜은 또 어찌나 많은지 아흔아홉명에게 편지를 쓴대도 다 쓰지 못할 정도였다. 나는 그녀의 방에 '이흐 델구르'라는 이름을 붙여주었다. 몽골어로 '이흐'는 '큰', '델구르'는 '상점', 즉 '이흐 델구르'는 '백화점'이라는 뜻이었다.

이른바 '케이 이흐 델구르'에서 나는 돈도 안 내고 늘 무엇인가를 소비했다. 케이는 내게 표고버섯을 넣은 된장찌개와 명란젓과 울릉도 특산 명이나물을 올린 밥상을 차려주었다. 원두를 갈아 커피를 내려주고 주전부리로 초콜릿을 내놓았다. 그것이 다가 아니었다. 한번은 내 방에 와보더니 무슨 방이 이렇게 독서실처럼 황량하냐며 꽃 화분을 주고, 색깔 고운 양초를 주고, 몽골 화가에게 샀다는 풍경화까지 주고 갔다.

여행자에게는 눈썹도 무겁네, 짐은 가벼울수록 좋네 어쩌네 하던 것을 나는 처음으로 후회했다. 항상 받기만 하면서 그녀에게 줄 것이 아무것도 없었기 때문이다. 가진 것이라고는 눈썹뿐인데 하다못해 눈썹도 그녀 것이 훨씬 짙고 아름다웠으니까. 케이는 괜찮다며 들을 만한 음악파일이나 몇개 보내달라고 했다. 내가 건넨 파일 중에서 그녀가 특히 좋아한 곡은 「진주난봉가」였다.

울도 담도 없는 집에서 시집살이 삼년 만에…… 케이와 나는 나란히 앉아 그 곡을 반복해서 들었다. 진주 남강 빨래 가니 산도 좋고 물도 좋아…… 우리 고비에 가지 않을래요? 그녀가 물었다. 흰 빨래는 희게 빨고 검은 빨래 검게 빨아…… 네? 뭐라고요? 고비에 가자고요? 내가 되물었다. 내 이럴 줄 왜 몰랐던가 사랑 사랑 내 사랑아……

이틀 후에 우리는 고비 사막으로 출발했다. 빔바가 베테랑 운전사라며 오십대 초반의 박타 아저씨를 소개해주었고 그것으로 준비 끝이었다. 왕복 2천 킬로미터, 다섯 밤 여섯 낮의 고비 여행은 그렇게 느닷없이 시작되었다. 온드라가 동행하지 않았으므로 박타와 우리의 대화는 언어보다 언어 이외의 것들에 더 기대야 했다. 그래도 의사소통에는 별문제가 없었다. 매사에 사려 깊고 섬세한 케이는 박타가 말을 꺼내기도 전에 그의 심중을 척척 읽어냈고 노련하고 눈치 빠른 박타 역시 우리가 반만 말해도 하나를 알아들었던 것이다.

"아저씨는 고비의 무엇을 좋아하나요?"

"나는 노래하는 모래언덕을 좋아합니다."

박타는 우리 여행의 종착지이기도 한 남고비에 거대한 모래언덕들이 있는데, 바람이 불면 언덕의 모래가 흩날리는 소리가 마치 노래처럼 들린다고 했다. 까마득한 옛날, 죽음의 땅 사막을 지나던 이들에게는 아름답다기보다 불길하게 들렸을 바람과 모래의 이중창. 박타는 일찍이 마르꼬 뽈로가 '고비사막에서는 악령의 목소리가 들린다. 까라반은 그 소리에 홀려 길을 잃고 죽어간다'라고 한 그 모래언덕을 좋아하는 것이었다.

그러나 초행자인 내게 고비 여행의 고갱이는 고비에 닿은 후가 아니라 고비로 가는 길에 있었다. 그 길에서 나는 사막에 대해 가지고 있던 잘못된 정보들을 하나씩 하나씩 수정해야 했다. 몽골어로 '고비'는 '풀이 자라지 않는 거친 땅'을 뜻한다. 그러나 고비사막에는 풀이 자란다. 심지어 초원지대도 있었다. 사막이라는 한 단어로 뭉뚱그리기에 고비는 너무도 넓고 다채로웠다. 형형색

고비사막 최대의 모래언덕인 홍고린 엘스에서 내려다본 풍경.

색 야생화가 지천으로 핀 지대가 있고, 키 작은 관목들 사이 보호
색을 몸에 두른 도마뱀이 출몰하는 지대가 있으며, 험준한 바위
산에 둘러싸여 일년 내내 얼음이 녹지 않는 계곡지대가 있는가
하면, 땅바닥이 온통 자갈과 암석으로 뒤덮여 왜 근처에 펑크 난
타이어가 숱하게 나뒹구는지 알 만한 지대도 있었다. 야생 낙타
와 가젤들이 우리 차를 보고는 대수로울 것 없다는 듯 느긋하게
몸을 틀어 다른 곳으로 이동했다.

"앗, 잠깐만요! 여기 잠깐만 서주세요!"

뭔가 색다르거나 근사한 풍경이 나타날 때마다 케이와 나는 박타에게 외쳤다. 그리고 차에서 내려 그 풍경 속으로 걸어들어갔다. 독수리떼가 양의 사체를 뜯어 먹는 것을 보다가, 유목민 가족이 염소들을 줄 세우고 젖 짜는 것을 보다가, 신기루에 몇차례나 속고도 여전히 반신반의한 얼굴로 오아시스의 신기루를 보다가, 나는 문득 박타를 보았다.

"그런데 이렇게 늑장 부리다가 제시간에 못 가면 어쩌지요?"

"뭐 어떻습니까? 그런 게 바로 고비 여행이지요."

허허 웃는 박타의 얼굴이 '쎄 라 비(C'est la vie)'를 읊조리는 현자처럼 여유로워 보였다. 맞는 말이었다. 그것이 바로 고비 여행이었다.

우리는 항상 예정보다 조금 늦거나 많이 늦었다. 변수는 시간에만 있는 것이 아니었다. 제때 도착했는데 숙박할 캠프가 예기치 않게 문을 닫은 경우도 있었다. 그날 우리는 민가를 찾아 불빛 한 점 없는 밤의 사막을 달리고 또 달렸다. 어린 시절 한국 전래동화에 단골로 나오던 '깊은 밤 산중에서 길을 잃고 헤매던 나그네가 마침내 외딴집 한채를 발견했다'라는 설정의 작위성에 대해 고민할 즈음, 우리도 마침내 외딴 게르 한동을 발견했다. 하룻밤 묵기를 청했더니 젊은 주인 부부는 우리에게 침대를 내주고 바싹 마른 말똥으로 난로에 불을 지펴주고 늦은 시간인데도 요기를 하라며 추이완(볶은 국수)을 만들어주었다. 전래동화에 따르면 과객에게 지나치게 친절한 주인장은 꼬리 아홉 달린 여우일 가능성이 높았지만 그런들 어쩌리. 사막여우라면 일부러라도 한번 만나보고 싶었는데.

고비로 향하는 길에서 나는 내내 감하고 동했다. 마주치는 풍경은 상상한 이상으로 아름다웠고 만나는 사람들은 상상한 이상으로 다정했다. 운전뿐 아니라 여행가이드에 보호자까지 일인 다역을 맡고도 늘 오케이를 외치는 박타, 유목민들에게 나눠줄 상비약과 볼펜까지 챙겨온 케이에게도 물론 감동했다. 낮의 혹서와 밤의 혹한은 상상한 이상이라 견디기 어려웠지만 그럴 때면 속으로 되뇌었다. 이런 게 바로 고비 여행이지요, 하고.

우리네 시골집 처럼 게르 안에도 가족사진 여러장을 끼워놓은
액자가 있는 것이 눈에 띄었다.

몽골의 그랜드캐니언 바얀자크
대개 희대 공룡화석지로 아식도. 화석이 남아 있어 그것을 수의 거는 창인도 이 있다.

　여행 다섯째 날, 드디어 남고비 한복판 홍고린 엘스에 이르렀
다. 노래하는 모래언덕. 길이 180킬로미터, 폭 20킬로미터, 높이
800미터, 고비 최대의 모래사막을 정복하는 일은 쉽지 않았다. 한
걸음 오르면 모래와 함께 도로 한걸음 미끄러졌으니까. 기필코
정상까지 가리라 기를 쓰며 발을 내딛다가 나는 문득 뒤를 돌아
보았다. 그리고 아, 하고 탄복했다. 고비가 보여주는 영화 한편이

거기 있었다. 스크린 속 고요하고 단순하고 평화로운, 아득히 먼 세계.

넓구나. 세계는 참 넓구나. 나는 작구나. 너무 작아서 이곳에서 갑자기 사라진들 아무도 모르겠구나. 나는 아무것도 아니구나……

내가 갑자기 사라진다면 이 세계에 두고 가는 것은 무엇일까 헤아려보았지만 떠오르는 것이 없었다. 정상을 몇발짝 남겨놓고 그만 몸을 돌렸다. 언덕을 내려가려고 보니 조금 전까지 그렇게 아등바등 발자국을 찍으며 올라왔는데 그새 바람이 내 발자국을 전부 지워내 모래 위에는 아무것도 남아 있지 않았다.

그날 밤 혼자 게르 밖으로 나왔다가 하늘의 은하수를 보았다. 별이 하 많아 하늘에 별이 떠 있는지 별들 속에 하늘이 떠 있는지 분간이 되지 않았다. 일등성 이등성이 차고 넘쳐 평소 찾기 쉬운 큰곰자리 작은곰자리는 물론이요 북극성조차 찾을 수 없었다. 아는 별을 찾아 고개를 이리저리 젖혔다. 그러다 서쪽 하늘에서 커다란 별똥별이 떨어지는 것을 보았다. 지금 이 순간 세상 어느 곳에선가 귀인이 태어나고 있는 것일까, 혹은 어느 귀인이 세상을 떠나려고 하는 것일까. 괜히 숙연해져서 고개를 숙였다.

"별 보러 나왔어요?"

언제 나왔는지 카메라를 든 케이가 내 뒤에 서 있었다.

"아, 아니요. 말 보러 나왔어요."

몽골 옛 수도 하르호름에 세워진 몽골 최초의 라마교 사원 에르데네주는
백팔번뇌를 상징하는 백팔개의 석탑으로 둘러싸여 있다.

"그래요? 나도 말 보러 나왔는데."

우리는 마주 보고 웃었다. 몽골에서 '말 보러 간다'는 표현은
화장실에 간다는 뜻의 관용구다. 게르 안에 여럿이 모여 있는데
화장실 간다고 말하기가 멋쩍고, 어차피 화장실이 따로 있지 않
아 말 보러 가는 곳이나 볼일 보러 가는 곳이나 똑같은 초원이니,
옛날부터 그런 식으로 에둘러 표현해왔다던가.

케이와 나는 잠시 그대로 서서 하늘을 올려다보았다. 고비에서
의 마지막 밤. 별똥별이 또 떨어졌다. 바람이 강해지고 있었다. 곧
박타가 좋아한다는 모래언덕의 노랫소리를 들을 수 있으리라. 우

리는 말 보러 가는 것도 잊은 채 홍고린 엘스를 향해 천천히 귀를
열었다.

11월이 되자 기온이 영하 20도로 떨어졌다.
워낙 건조한 탓에 생각만큼 춥지는 않았다. 가만히 서 있으면 추
운 줄도 잘 모르다가 걸음을 옮기기 시작하면 얼어붙어 있던 대
기가 쩅, 하고 갈라지면서 얼굴을 후려치는 식이었다. 그 무자비
하게 찬 손바닥에 줄곧 뺨을 얻어맞으면서도 나는 몽골 곳곳을
주유했다. 곧 귀국해야 한다는 아쉬움이 동행했다. 우리는 화산
에 올랐고 초원을 가로질렀고 호숫가를 거닐었다. 가는 곳마다
혼을 그곳에 두고 와야 했을 만큼 절대가경이요 천하절경이었다.
　그러나 이제 와 몽골을 회상하면 나의 기억을 압도적으로 지배
하는 것은 그때 그 풍경들이 아니다. 사람들이다. 그때 그 풍경 속
의 사람들. 풍경에 얽힌 기억은 앨범을 들춰봐야 재생되지만 사
람에 대한 기억은 언제나 즉시 재생된다. 기억 속의 풍경을 아름
답고 풍요롭게 재구성하는 것 또한 사람이다. 그러니 여행의 시
작은 풍경에 있다 해도 여행의 완성은 사람에 있다고 할까.
　몽골 사람들은 유난히 애국심이 두터웠다. 열이면 열 모두가

오르고 화전을 위한 인간 활동에서 안전장치나 편의시설 등이 전혀 없어서
우리의 예상과는 조금더 보는 듯한 느낌을 준다.

다음 세상에 환생한다면 마땅히 몽골 국민으로 다시 태어나겠다
고 답했다. 그들의 조국에 대한 자부심과 애정은 언뜻 지나친 구
석이 있어 보이기도 했는데, 과연 주몽골 한국대사관에서 공지한
몽골 생활수칙에 몽골인 앞에서 몽골을 폄하하면 봉변을 당할 수
있다는 항목이 있었다. 실제로 나는 여행지에서 어느 점잖은 몽
골 운전사가 서양인 여행자들과 화기애애하게 대화하다 말고 별
안간 정색을 하며 자신의 조국을 모욕하면 가만두지 않겠다고 경
고하는 장면을 목격하기도 했다.

한편 애국심보다 더 도드라지는 것은 신심이었다. 특정 종교에

대한 신심이 아니라 몽골 사람들은 세상 만물에 정령이 깃들어 있다고 믿고 그것을 경건하게 받들었는데 그것이 내게는 퍽 인상적이었다. 몽골에 외래 종교가 유입되기 훨씬 전부터 존재해온 샤머니즘이 오늘날에도 건재하다는 사실 또한 신선했다. 내가 인사말이나 음식 이름 등 생활회화에 널리 쓰이는 단어를 제외하고 가장 먼저 익힌 몽골어가 '오워'라는 사실만 보아도 그렇다. 얼마나 자주 눈에 띄면 그 이름을 제일 먼저 외웠겠는가. 오워는 돌무더기 꼭대기에 하다그라 부르는 색색의 헝겊으로 감싼 나무를 꽂아놓은 제단이다. 몽골 사람들은 오워에 그 지역 주민을 보호해주는 정령이 산다고 믿는다. 그래서 그 주위를 돌면서 돌을 던지고 보드카나 우유를 뿌리고 돈이나 사탕 따위를 올려놓고 소원을 빈다. 도시든 시골이든 야트막한 언덕이나 산 정상, 마을 입구 혹은 공터에 어김없이 오워가 있었다.

언젠가 온드라와 함께 숙소 근처의 오워에 갔던 날이 떠오른다. 마침 두사람이 오워를 돌고 있었다. 한사람은 허리가 기역 자로 꺾인 모습이 칠십은 족히 넘었을 노파였고 한사람은 많아야 스무살쯤 됐을까 싶은 청년이었다. 두사람은 오워를 시계 방향으로 세바퀴 돌며 소원을 빌었다. 그런데 온드라가 청년과 안면이 있는지 그에게 말을 거는 것이 아닌가. 두사람이 몽골어로 대화하는 동안 나는 오워 앞에 말없이 서 있는 할머니를 살펴보았다. 그러다 그녀의 모아 쥔 두 손바닥 사이에 웬 염주가 걸린 것을 발

견했다. 이번에는 청년을 살펴보았다. 그의 목에서 빛나는 것은
뜬금없게도 십자가 목걸이였다. 세상에. 그러니까 나는 늙은 라
마교 신자와 젊은 개신교 신자가 나란히 샤머니즘의 제단에 고개
숙인 해괴한 장면을 목격하고 있었던 것이다.

온드라의 귀띔에 따르면 조모와 손자 사이인 그들은 청년의 어
머니가 큰 병을 앓고 있어 매일 오위를 도는 것이라 했다. 서로 종
교가 다른데도 할머니는 당신 며느리가 이 신을 사랑하고 이 신
이 며느리를 사랑하기 때문에, 청년은 제 어머니가 이 신을 사랑
하고 이 신이 어머니를 사랑하기 때문에 오위의 정령에게 기도한

다는 것이었다. 지금처럼 앓아눕기 전에는 청년의 어머니가 매일 그곳에서 가족의 행복을 빌었다던가. 온드라 역시 그의 어머니를 위해 기도하겠다며 오워를 돌기 시작했다. 아무도 오워 앞에서 자신의 종교를 내세우지 않았다. 오워가 그들에게 종교를 묻지 않듯이.

그것은 기이하게 아름답고 신성한 풍경이었다. 신심보다 더 깊은 인간의 진심을 목도하는 순간이기도 했다. 지금도 나는 몽골에 대해 말할 기회가 있을 때마다 그 장면에 대한 이야기를 빼놓지 않는다. 그것이 내가 겪은 몽골이고 그곳에서 내가 만난 사람들이라고 말이다.

사실 몽골에 대해 이야기하려고 하면 항상 막막함이 앞선다. 몽골에 머물 때도 마찬가지였다. 귀국을 일주일 앞둔 날이었던 가. 숙소에서 짐을 정리하다가 엽서 한장을 발견했다. 몽골에 온후 처음 받은 엽서였다. 광화문 세 글자가 선명한 우체국 소인의 날짜는 석달 전. 그것이 내게 당도한 것은 두달 전. 몽골은 어떤 곳이며 그곳을 너는 어떻게 이야기하겠느냐는 벗의 질문이 내게 오기까지 한달이 걸렸다. 그리고 이어진 두달 동안 나는 답장을 여러번 썼고 한번도 부치지 않았다. 자신이 없어서였다. 내가 몽골에 대해 무엇을 어떻게 이야기할 수 있을까. 내가 경험한 것은 어쩌면 몽골 풍경도 아니고 몽골 사람도 아니며 그저 몽골에 머물고 있는 나 자신일지도 모르는데. 이를테면 햇빛이 잘 드는 숙소의 창가에 앉아 소설을 쓰는 나, 쓰고 지우고 쓰고 지우기를 반복하다 어느날 더이상 지울 것이 없음을 깨닫는 나, 아무도 칼을 휘두르지 않았는데 홀로 자상을 입은 듯한 기분에 억울하다고 서럽다고 중얼거리는 나…… 그런 것들이 부끄러워서 답장을 보내지 못했을 것이다.

그때는 알지 못했다. 어떤 질문에는 구체적인 설명보다 한편의 시가 더 적절한 답이 되기도 한다는 것을. 몽골이 어떤 곳인가 하는 질문의 답으로 몽골 시 「테힌 조그솔」이 딱 그러했다. 신대철 시인께서 일러주신 시였다.

몽골에 도착하고 나서야 안 사실이지만, 신대철 선생님은 여러해 전부터 울란바타르 대학교 대학원에서 한국어학과 학생들에게 문학을 가르치고 계셨다. 울란바타르 거주 한인들을 대상으로 시창작 수업도 하신다고 했다. 귀국 절차를 밟으러 학교에 갔다가 나는 우연히 선생님의 문학 수업을 들었다. 그리고 그 시간에 「테힌 조그솔」을 접했다.

몽골어 '테힌'은 '산양'을 뜻하고 '조그솔'은 '멈추어 선 곳'을 뜻한다. 산양은 늙으면서 뿔이 점점 커지고 무거워진다. 그 무게가 견디기 어려울 정도가 되면 산양은 높은 곳으로 올라가기 시작한다. 그리고 마침내 벼랑 꼭대기에 이르면 뿔의 무게에 눌려 그곳에서 떨어져 죽는다고 한다. 그 벼랑을 몽골 사람들은 '테힌 조그솔'이라고 부른다. 몽골 고등학교 문학교과서에 실려 있기도

메마른 화산 호수 아크와 알이 풀을 뜯고 있다.
해발 2000미터에 위치한 이 호수는 5월 말까지 얼음이 녹지 않는다고 한다.

한 이 시는 몽골의 대표적 시인 가운데 한명이자 자연을 소재로
한 서정시로 잘 알려진 베 야워홀란의 작품이다.

　몽골을 떠나기 전날, 나는 벗에게 드디어 엽서를 부쳤다. 몽골
에 대한 내 자질구레한 감상보다 몽골 시 한편을 읽어보는 편이
오히려 몽골을 있는 그대로 들여다보도록 도와줄 것이라며 「테힌
조그솔」을 옮겨 적어 보냈다.

테힌 조그솔(산양이 서 있는 곳)
──사랑하는 아버지, 유능한 사냥꾼 벡지께 바친다

베 야워훌란

(…)

차도 드시지 않고 아버지가

한참 조용히 앉아 있었다

슬픈 목소리로 목을 다듬으며

다음 이야기를 했다

만년설 산에서 선물도 많이 받았지요

마지막 정거장에 서 있는 산양은

처음 보았어요

작년에 야망 오상에서 봤던

그 산양이 틀림없어요

태어난 후에 결국 죽는다는 것은

생명의 운명인 걸

태어난 곳을 두고 간다는 것은

쉬운 일이 아닐 텐데요

산양이 나이 들면

뿔을 견디지 못한다는 이야기가 있고

양떼를 이끌 때 힘이 부친다는 말이 있지요

어미가 낳아주신 산에 돌아오고

어미가 낳아주신 그곳에 한번 누워본다고 해요

생의 마지막 순간에 높이 올라 봉우리에 올라가는데

세상 사람들은 그것을 테힌 조그솔이라고 부르지요

높은 낭떠러지 위에서 며칠을 보내는데

그동안 살아온 생을 한번 돌아본다고 해요

핥아 마시던 물을 한번 보고 기뻐하고

뜯어 먹던 좋은 방목지를 한번 보고 기뻐하고

동료 양떼를 마지막에 돌아보고

고향 이곳저곳을 마지막에 둘러보고

높은 낭떠러지 위에서 뿔을 견디지 못하여

떨어져 죽는다고 해요

여럿이 있는 이 세상에서 그렇게

하나가 모자라게 되지요

아버지의 말씀을 다들

소리 없이 들었다

이웃집 할멈이 산양이 가여워

눈물을 흘렸다

그후로 아버지가 무언가에

마음 아파하시는 것 같았다

그 겨울 쉼터에서 잠시

이사 가지 않기로 했다

(…)

그러다 어느날 아침 봉우리를 망원경으로

보시고는 아버지가 들어오셨다

보니 얼굴에 미소를 띠며

차를 드시고 계셨다

자연의 순리대로 갔네 드디어, 하고

아버지가 말씀하셨다

잘 갔다니 됐네요, 하고

나도 동감을 표시했다

다음 날 아침 게르 세채가

일찌감치 짐을 실었다

기다림에 지쳤던 곳에서 사람과 가축이

모두 동시에 출발했다

아버지가 테힌 조그솔을

한번 돌아보았다

태어난 곳이여! 하고 아버지가 한번

자기 자신에게 말했다.

그해

그 겨울이

어찌나 따뜻하던지

테힌 조그솔이라는 그 봉우리가

어찌나 높던지

에 바야르마(울란바타르 대학교 한국어학과 교수) 옮김

벤 야자름

손홍규

국경을 넘다

터키로 떠난 이유는 벗을 만나기 위해서였다.

나는 여행을 좋아하지 않는다. 느닷없이 어디론가 떠나고 싶다는 생각이 든 적도 없고 낯선 곳에서 마주치게 될 미지의 대상에 동경을 품어본 적도 없다. 세월 혹은 역사가 만든 기이하고 경이로운 풍경에 충동을 느껴본 적도 없고 사막, 소금호수, 대양, 북극…… 이런 낱말에 이끌린 적도 없다. 대신 나는 그런 낱말을 입속으로 조심스레 발음해보길 즐겼다. 나는 떠나고 싶지 않았다. 살가운 사람들 곁을 떠나고 싶지 않았으며 눈에 익은 고향을 떠나고 싶지 않았다. 내가 아닌 다른 무엇도 되고 싶지 않았고 삶의 어떤 순간들에 맞닥뜨리게 될 기적을 간절히 바라지도 않았다. 그

저 고요하고 적막한 방 한칸이면 족했다. 발을 뻗었을 때 벽에 발
바닥이 닿지 않을 정도의 크기, 햇빛이든 바람이든 무례하다는 느
낌이 들 만큼 함부로 쏟아져 들어올 수 없는 작은 창이 달린 방 한
칸만 허락된다면 이 세계를 증오하길 그만둘 수 있을 것 같았다.

　하지만 아무것도 그만둘 수 없었다. 어머니가 새벽 5시에 일어
나 밥 짓는 일을 그만둘 수 없듯이 아버지가 국에 밥을 말아 후루
룩 마시고 아직 어두운 바깥으로 나서는 일을 그만둘 수 없듯이
산이 서 있기를 그만둘 수 없고 강이 흐르길 그만둘 수 없듯이 사
람이 사람을 약탈하고 복수하고 스스로 죽어가기를 그만둘 수 없

듯이 저 작은 날벌레마저 날갯짓 없이 허공을 날아다닐 수 없듯이 내 심장이 여태까지 한번도 멈추지 않고 뛰어온 것과 마찬가지로.

　내가 여행을 좋아하지 않는 이유는 여행 중이기 때문이다. 삶이 곧 여행이라는 진부한 문장을 들추려는 건 아니다. 고향을 떠난 뒤로 나는 어느 곳에도 정착하지 못했다. 고등학교를 다닌 전주에서도 그러했고 대학을 다니기 위해 발을 디뎠던 서울에서도 그러했다. 서울은 불가사의한 미로다. 오랜 세월이 흘러도 서울은 여전히 파편으로만 기억될 장소다. 상계동, 상도동, 방학동, 현저동, 행당동, 화곡동, 신정동, 신당동, 장충동, 대조동, 혜화동, 공덕동…… 이 장소를 하나로 묶어주는 건 오직 내가 그곳에서 짐을 쌌다가 풀었다는 사실 뿐이다. 나는 한번도 서울에 속한 적이 없었으므로, 언제나 이방인이었다.

　아무런 기대도 품지 않았다. 멀고 낯선 미지의 땅에 간다 한들 거기에서도 안주할 수 없을 게 분명했다. 내가 알지 못하는 선량한 사람들이 사는 땅은 없다고 생각했다. 서울에서도 그랬다. 서울에서 만나고 겪은 탐욕스럽거나 위선적이거나 파렴치한 혹은 순진하거나 부지런하거나 아름다운 사람들은 유감스럽지만 내 고향에도 살았다. 내가 알지 못하는 사람은 없었으므로 나는 알고 싶지 않았다. 한마디로 나는 그 무엇에도 놀라지 않을 준비가 되어 있었다. 보통 말하듯이 세상 다 살아버린 듯 구는 녀석이었던 거다.

　그런 녀석이 죽지 않고 살아갈 수 있는 방법을 나는 별로 알지 못한다. 부잣집에 태어나거나 부자라고 착각하며 사는 것 정도. 소설을 읽거나 소설을 쓸 때 나는 이런 식으로 행복한 착각에 빠질 수 있었다. 소설을 읽으면 시선으로 숨을 쉬게 된다. 나는 그걸 영혼의 복식호흡이라고 불렀다. 눈을 감으면 망막에 맺혔던 문장들이 하나의 이미지로 떠오른다. 이미지는 묘한 힘을 지녔는데 아무리 난폭한 이미지라 해도 마음속에서는 벨벳처럼 부드럽게 떠올랐다. 거칠고 각다분한 사람 사는 이야기를 능숙하게 매만지는 소설가를 생각하면 어쩐지 그이를 오래전부터 알고 지낸 듯한 기분이 되곤 했다. 사랑스러운 소설을 만나면 먼 곳에서 방문한 벗을 대하듯 반가운 심정이었고 작은 방에 홀로 앉아 활자들을 시선으로 쓰다듬으며 한 문장도 허투루 읽지 않는 것이야말로 벗을 위해 내가 차릴 수 있는 최대한의 예의라고 믿었다. 그렇게 가까워졌다. 한번도 만난 적 없지만 오래전부터 마음이 통했고 서로의 안부를 주고받은 적 없지만 누구보다 그이의 안녕을 바라게 되었다. 이런 소설가를 제외하면 실제로 나는 벗이 별로 없다. 그런 이유로 두엇밖에 되지 않는 벗 가운데 누군가 문득 찾아와 밥과 술을 사주면 마음이 흔흔해졌다. 어린 시절 동네 어르신이 마

앙카라 시의 상징물
청동사슴상.

실을 올 때마다 할머니가 그이를 향해 "바깥이 소삽하오. 얼렁 들어오시오"라고 중얼거리듯 내뱉던 말에서 묻어나오던 떨림을 이해할 수도 있을 것만 같았다. 당신이 쓰던 소삽하다는 말은 두가지 뜻을 지녔다. 서로 다른 한자어이지만 말에서는 두루 어울려 쓰는 듯했다. 그 한가지는 '바람이 차고 쓸쓸하다'이고 다른 한가지는 '길이 낯설고 막막하다'이다. 바깥이란 그런 곳이다. 바람이 차고 쓸쓸한 날이 아니어도 낯설고 막막하며, 낯설고 막막하지 않더라도 바람은 차고 쓸쓸하다.

터키라는 소삽하기 짝이 없을 곳으로 가야겠다고 마음먹었던 이유는 벗을 만나기 위해서였다. 물론 문화예술위원회 작가파견 프로그램에 신청한 뒤 인터뷰에 응할 때 왜 터키에 가려 하느냐는 심사위원들의 질문에는 한국전쟁 소설을 쓸 계획이라 주요 참

전국가 가운데 하나인 터키를 취재하고 싶어서라고 대답했다. 고
향집에 내려가 부모님 앞에 앉았을 때는 여섯달 동안 공짜로 먹
고 잘 수 있어서라고 대답했다. 부모님은 벌린 입을 다물지 못했
는데 두어달도 아니고 여섯달씩이나 공짜로 먹고살 수 있다는 사
실에 놀라서였고 선심을 쓰는 사람 뒤에는 반드시 악의가 숨겨져
있다는 믿음을 지녀서이기도 했다. 기뻐할 일인지 두려워할 일인
지 갈피를 잡지 못해 혼란스러워하는 부모님을 뒤로한 채 소삽한

터키로 떠났다. 취재라는 핑계를, 혹은 여섯달 동안 무위의 시간을 보낼 수 있다는 핑계를 댄 이유는 문득 찾아온 벗을 만나러 가기 위해 방을 나설 때 거울에서 종종 발견했던 달아오른 내 얼굴을 들키는 게 멋쩍어서였다. 터키에는 두명의 벗이 있었다. 야샤르 케말과 아지즈 네신. 한사람은 아직 살아 있고 한사람은 오래전 세상을 떠났다. 그러니까 나는 살아 있는 벗과 죽은 벗, 이렇게 두명의 벗을 만나기 위해 그이들이 나를 부르지도 않았는데 내 삶에서 최초로 스스로 벗을 찾아 작은 방을 떠난 거였다.

국경을 넘는 일은 문학의 경계를 넘는 일과 비슷하다고 생각했다. 한국어로 번역된 소설이라 할지라도 거기에는 이국의 흔적이 강렬하게 남아 있다. 인명이나 지명과 같은 고유명사들이 풍기는 이질적인 분위기가 그렇고 세계를 바라보는 낯설고 기이한 관점도 그렇다. 놀랄 만한 차이점에도 불구하고 어떤 공통점을 찾아내게 될 때 독서는 정점에 이른다. 밀란 쿤데라의 표현을 빌려 말하자면 '밝혀지지 않은 본성'을 엿보게 되는 순간 인간의 비밀을 알아버렸다는 전율에 휩싸이게 된다. 야샤르 케말과 아지즈 네신의 소설을 읽으면서 나는 그런 전율을 겪었다. 터키로 향하는 비행기 안에서 이스탄불 아타튀르크 공항에서 다시 터키 국내선을 이용해 도착한 앙카라 에센보아 공항에서 그리고 나를 마중 나온 앙카라 대학 한국어문학과의 예심 페렌디지 선생을 만날 때까

지도 하나의 책에서 다른 하나의 책으로 미끄러져 갔다는 기분은
들지 않았다. 여전히 내 몸과 정신의 일부는 한국에 비끄러매어
져 있는 듯했고 시내로 향하는 택시에서 차창을 통해 바라본 풍
경은 옛 책에 실린 삽화처럼 느껴졌다. 앙카라는 터키의 수도이
면서 한때 아지즈 네신이 유배생활을 했던 도시이기도 하다. 아
나톨리아 고원 중심의 헐벗은 구릉지에 자리 잡은 지방 소도시에
불과했던 앙고라가 인구 오백만이 넘는 대도시 앙카라로 탈바꿈
하는 데는 그리 오랜 세월이 걸리지 않았다. 나무 한그루 풀 한포
기 없는 언덕에 무심히 선 아파트들은 인간의 손으로 빚은 건축
물이 아니라 땅에서 솟은 조금 기이한 식물인 것만 같았다. 한국
에 남겨둔 내 일부를 여기 터키에서 거둬들여 온전한 내가 되기
까지 적지 않은 시간이 걸릴 것임을 예감했다. 나는 되도록 빨리
앙카라 대학 한국어문학과 사람들 속에 섞여들기를 바랐고 터키
를 찾은 내밀한 목적을 이룰 수 있기를 바랐으나 돌아보면 터키
에서 보낸 여섯달 동안 생활은 지리멸렬하기 짝이 없었다.

앙카라 대학 측이 마련한 기숙사는 앙카라 북쪽 케치외렌이
라는 지역에 있었다. 박사과정인 학생과 외국인 강사들만 입주
할 수 있는 곳이라는 설명을 들으며 캐리어를 끌고 방에 들어갔
을 때 비로소 나는 하나의 방에서 다른 하나의 방으로 이주하고
말았음을 실감했다. 방에 홀로 남겨진 나는 처음 보는 형태의 샤

앙카라 시내 스히에에 자리잡은
앙카라 대학 인문대학 건물.

워부스의 문을 여닫아보다가 벽에 귀를 대고 건물이 내는 소리를 들어보다가 철제 프레임 위에 놓인 푹 꺼진 매트리스에 누워 높은 천장을 바라보았다. 까닭 없이 마음이 허우룩했다. 국경을 넘었다. 내가 확인한 건 그 일이 문학의 경계를 넘는 일처럼 수월하지는 않다는 거였다.

외출해버리고 아무도 없는 친구의 집 문 앞을 서성거리는 기분이었다.

앙카라의 이방인

나는 좀 아버지를 닮았다. 나이가 들수록 거울을 보는 일이 두려워지는 이유는 거울에 비친 내가 예전보다 더 아버지에 가까워졌다는 생각이 들어서이다. 생긴 것만 닮은

차를 마시는 노인들.

게 아니라 소심한 성격도 닮았다. 구안괘사에 걸려 한의원을 다닐 때였다. 한의사는 내게 무척이나 예민한 성격인가보다고 말했다. 동의하기 어려웠기 때문에 조심스럽게 말했다. "예민하지는 않고 소심하기는 해요." 한의사가 피식 웃음을 흘리더니 한의학의 관점으로 보면 그게 그거라고 말했다. 예민함과 소심함이 한뿌리에서 나온 거라는 말인 듯했다. 이 소심함에는 내력이 있다. 초등학생 시절 용돈이 필요해 천원을 달라고 하면 아버지는 제대로 못 들었다는 듯 이렇게 되물었다. "백원?" 얄미웠다. 어린 나는 아버지에게 복수할 방법을 찾았고 썩 영악한 방법을 알아냈다. 천원이 필요하면 만원을 달라고 하면 되지 않는가. 그리고 마침내 아버지를 졸도 직전까지 몰아간 적도 있었다. 그 시절에는 어른들조차 주머니에서 만원짜리를 꺼낼 때 심호흡을 해야 했으니까.

앙카라에 도착한 뒤 닷새 동안은 서류 작성과 인터넷 아이디 발급과 같은 문제를 처리하기 위해 대학본부, 관공서, 은행 등을 찾아다니느라 바빴다. 한국어문학과가 속한 인문대학은 구도심 울루스와 신도심 크즐라이 사이 스히예라는 지역에 있었다. 맞은 편이 대법원인데다 교통의 요지여서 인문대학 앞 인도와 차도는 늘 사람과 자동차로 붐볐다. 숙소에서 그곳까지는 버스로 삼십분 거리였다. 처음 며칠 동안은 자미(이슬람 사원)에서 울리는 새벽 첫 에잔(기도 시간을 알리는 소리)을 들으며 깨어났다. 공기는 건조했고 수돗물은 석회가 섞여 억셌다. 샤워와 면도를 한 뒤 거울을 보면 거기에 아직은 젊은 아버지가 있었다. 머리칼이 하얗게 세고 아랫눈시울이 두툼해지며 눈가에 주름이 깊이 잡히면 더는 아버지처럼 되고 싶지 않다는 생각조차 품지 않게 되리라. 나는 거울을 보며 나지막이 읊조리곤 했다. 아버지, 당신도 여기 터키까지 오셨군요.

하지만 아버지에게 무례하게 굴지는 않았다. 사춘기 시절에도 반항다운 반항 한번 해본 적이 없다. 부모님 앞에서는 말을 고르기 위해 무던히 애를 썼다. 그래도 실수를 한다. 터키 사람들에게도 말실수를 했다. 한국어문학과 학생들과 앙카라 서쪽 교외 공원에서 야유회를 할 때였다. 나는 어린 시절부터 좋게 말해 이국적이라는, 까놓고 말하면 튀기라는 소리를 듣고 살았다. 주로 필리핀, 인도네시아, 말레이시아 사람으로 오인받았는데 인도, 네

팔, 캄보디아, 태국 등과 교류가 잦아지니 그곳 출신이냐는 질문도 받게 되었다. 누군가 그렇게 물었을 때 장난삼아 "한국 온 지세 년 됐어요"라고 했더니 "한국말 정말 잘하네"라는 칭찬도 들었다. 터키에 간다고 말했을 때에도 지인들은 내 외모가 터키인과 흡사하니 생활에 큰 불편이 없을 거라는 등 알쏭달쏭한 격려들을 쏟아냈다. 외모에 콤플렉스를 느껴본 적이 없는 터라 내 입으로도 그런 소리를 주워섬기곤 했다. 하지만 터키인은 나와 혈연적 근친성이 없어 보였다. 콧대가 우뚝하고 콧날이 날카로우며 눈이 깊고 얼굴이 길었다. 짙은 쌍꺼풀만 제외하면 그다지 닮은 구석이 없었으나 어쩐지 그 아래 흐르는 피 가운데 한두푼쯤은 나눠가진 게 아닐까 싶을 만큼 기묘한 친근감을 느꼈다. 야유회에 참여한 학생들은 대부분 1학년생이었다. 한국에 유학을 다녀온 적이 있는 학생이나 고학년 가운데에는 한국어가 유창한 학생도 있었지만 1학년생들은 이제 겨우 하나, 둘, 셋을 익히는 중이었다. 한국에서 일년 동안 유학을 했다는 3학년 학생 지한이 통역을 해주어 드문드문 대화를 이어갔고 분위기는 화기애애했다. 내 나이를 스물하나 혹은 스물둘로 점칠 만큼 예의 바른 학생들과 보내는 시간은 유쾌했다.

"한국에서는 사람들이 저를 터키인이라고 해요. 어때요, 여러분과 좀 닮지 않았어요?"

지한이 그 말을 통역해주자 찬물을 끼얹은 듯 주위가 싸늘해졌

다. 지현이 어색하게 웃었다. 그제야 나는 실수했다는 걸 깨달았
다. 불편한 침묵이 흐른 뒤 여기저기서 볼멘소리가 터져나왔다.

"전혀 닮지 않았어요."

"작가님은 키르기스스탄 사람 닮으셨어요."

어딜 가도 이방인인 거다. 혹은 세계 공용 얼굴이라고 해도 좋
을 듯하다. 언젠가 기회가 되면 키르기스스탄에 꼭 가보고 싶다.
그곳 사람들은 내 국적을 무어라고 할지 퍽 궁금하니까.

숙소 근처 버스 정류장은 아침이면 등교하는 학생과 출근하는
직장인들로 북적였다. 학교를 오가는 외국인 학생들을 자주 볼
수 있어서인지 딱히 내게 호기심을 드러내지는 않았지만 노인들
은 유심히 나를 바라보곤 했다. 노인들 다음으로 강한 호기심을

드러내는 건 엄마 손을 잡고 걸어가는 아이들이었다. 아이들은 그러다 목이 부러지지 않을까 싶을 정도로 고개를 뒤로 돌린 채 내게서 눈을 떼지 못했는데 더러는 발부리가 무언가에 걸려 넘어지기도 했다. 엄마에게 엉덩이를 한대 맞고 울음을 터뜨리기도 했다. 나도 그런 시절이 있었다. 한장의 흑백사진으로 남았지만 여러번에 걸쳐 부모님에게 이야기를 들었던 터라 나를 안고 활짝 웃는 미군이 친근하게 여겨질 정도였다. 젊고 매끈한 미군이 갓 돌이 지난 황인종 아이를 품에 안았는데, 그 아이는 괴물에 결박 당하기라도 한 것처럼 공포에 질려 울음을 터뜨리는 사진이었다.

출근버스는 만원이었으므로 뒷문으로 타는 사람도 많았다. 버스비는 사람들이 손에서 손으로 건네 차장에게 전달해줬다. 앙카라 민영버스는 보통 문이 세개였다. 가운데 문 옆에 작은 부스가 있고 그 안에 앉은 차장이 버스비를 직접 받아 거스름돈과 버스표를 내줬다. 빈자리가 있어도 여자가 앉은 자리 옆에는 남자가 앉지 않고 반대의 경우도 마찬가지였다. 장거리버스는 아예 성별을 구별해서 발권했다. 앙카라에 머문 지 닷새째 되던 날 나는 여느 날보다 조금 일찍 숙소를 나서 예심 선생의 연구실에 들렀다. 예심 선생이 출근하기 전이라 연구실은 아늑하고 고요했다. 창문을 열면 바깥의 소음이 밀려들기는 했지만 한결 숙지근해진 터라 신경을 거스를 만큼은 아니었다. 싸이렌 소리가 요란했고 하늘로 검은 연기가 피어올랐다. 나는 무심히 그 광경을 지켜보았다. 아직 지리에 익숙지 않아 어디에서 불이 났는지는 알 수 없었다. 조금 뒤 출근한 예심 선생은 여기저기서 걸려온 전화를 받느라 정신이 없었다. 여러통의 전화를 끝낸 뒤 예심 선생이 상기된 목소리로 말했다.

"선생님, 방금 전에 크즐라이에서 폭탄테러가 났어요."

예심 선생은 인터넷으로 실시간 중계되는 영상을 보여주었다. 경찰에 끌려가는 테러범은 여자였는데 새된 목소리로 구호를 외쳤다. 뭐라 외치는 거냐고 묻자 예심 선생이 조심스럽게 대답했다. 이광수의 『무정』을 터키어로 번역할 만큼 한국어에 능숙한 예심 선생의 목소리도 그 순간만은 갈피를 잃은 듯했다.

"파시스트를 타도하자. 저 테러범들은 우리 터키를 파시즘 국가라고 생각해요."

쿠르드인이었다. 자신들만의 국가를 건설하지 못하고 터키에 복속되어 가난과 차별에 시달리는 불운한 민족이라고 나는 안다.

그날 버스를 타고 숙소로 돌아가는 내내 혹시 이 버스에 폭탄이 설치된 건 아닐까 하는 공포를 느꼈다는 사실을 고백해야겠다. 어떤 낌새를 찾을 수 있지 않을까 싶어 버스에 탄 터키인들의 얼굴을 훔쳐보았다. 나는 언제든 창문을 열고 뛰어내릴 준비가 되어 있었다. 무심했다. 창밖 어디선가 피어오르는 검은 연기를 바라볼 때의 내 얼굴도 그러했으리라. 야유회가 있던 날, 동부

지역 완(쿠르드어로는 '완' 터키어로는 '반'이라고 한다)에서 즐겨 먹는다며 육회와 비슷한 요리를 만들어 내놓았던 스물일곱의 청년 이드리스 투란이 쿠르드인이라는 사실을 나는 터키를 떠나기 불과 이주일 전에야 알았다. 멋지게 콧수염을 기른 이드리스는 구김살이 없는 청년이었다. 학교에서 마주칠 때도 먼저 인사를 하고 크즐라이의 서점까지 동행해주기도 했던 이드리스는 자신의 고향에 대해 이야기할 때 꿈을 꾸는 듯한 얼굴이 되곤 했다. 나는 그에게 앙카라의 거리를 걸으면서 지나치는 사람들 가운데 쿠르드인을 알아볼 수 있느냐 물었고 그는 당연하다고 대답했다. 나는 어떻게 알아보느냐고 물었다. 이드리스는 튀르크인과 쿠르드인은 얼굴이 다르다고 했다. 무언가 설명을 덧붙이려다 이드리스는 이렇게 말했다.

"그냥 알아요."

그냥 안다. 어느 글에서 오오에 켄자부로오가 말했듯이 나도 소설을 읽다보면 그냥 알게 된다. 이 소설가가 어떤 환경에서 자랐고 어떤 꿈을 지녔는지를. 나를 불편하게 하는 소설은 어김없이 부유하고 밝게 자랐으며 거기에다 글을 다루는 능력을 지녔고 대중의 인정을 당연하게 받아들일 줄 아는 자연스러운 태도가 몸에 밴 소설가들에 의해 쓰였다. 이 세계를 갈등과 고통과 투쟁으로 이루어진 비루하고 쓸쓸한 곳이 아니라 모험을 떠나 성공을 쟁취해야 할 곳으로 여기는 자신만만한 소설가들이 나는 여전히

마음이 가난하면, 위대한 존재를 만났다 어느 순간 누군가를 사랑하게 된다

불편하다. 그냥 알아요. 한국어에 서툰 이드리스의 입에서 나온 더할 나위 없이 간단명료한 이 문장이 내 가슴에 얹혔다. 나도 안다. 이드리스가 얼마나 서글서글하고 튀르크인 친구들과 허물없이 지내는지를. 그러나 또한 안다. 이드리스와 늘 함께 다니는 학생은 투르크메니스탄에서 국비장학생으로 온 동갑내기 청년뿐이라는 것도. 너의 벗은 나의 벗처럼 소삽한 사람이구나. 그에게 너역시 그런 사람이겠지.

나는 소설가입니다

　　　　　　나는 고치를 지어 살았다. 하루에 다섯번씩 울려퍼지는 에잔에 귀 기울이며 시간을 가늠했고 기도하는 심정으로 책을 읽고 글을 썼다. 연구실도 매주 한번 월요일 오후에만 나갔다. 처음 한달은 '웹진 문지'에 연재하던 장편소설 『불안』을

쓰느라 불안에 시달리며 흘려보냈다. 그사이 늦여름이 저물고 가
을이 다가왔으며 긴팔 옷 위에 외투를 걸쳐야 할 만큼 기온이 내
려갔다. 10월에는 한국문화원 개원 행사에 참석했고 그로부터 며
칠 지나지 않아 문화원에서 열린 한국·터키 작가대회에도 불려
갔다. 보수적인 이슬람 정당이 배출한 총리가 하룻밤 새에 담뱃
값을 두배 가까이 올려버리는 바람에 시장의 상인들이 좌판에 늘
어놓은 상표도 없는 정체불명의 담배를 구입해 피워야 했다. 독
한 싸구려 담배를 피우면 삶도 지독하게 여겨지기 마련이다. 작
가대회를 마친 뒤에는 한국에서 온 선배 문인들과 카파도키아
로 여행을 떠났다. 일행과 떨어져 홀로 남은 황지우 선생과 더불
어 앙카라 근처의 고대 문명지를 돌아보기도 했다. 황지우 선생

이 이스탄불로 떠나던 날 완에서는 대지진이 일어나 수천명이 죽었고 우리는 에스키셰히르의 버스터미널 대합실에서 텔레비전을 보다가 그 사실을 알았다. 만추의 어느날에는 흑해 부근의 사프란볼루에 다녀오기도 했다. 오스만제국 시절의 전통가옥이 고스란히 보전된 아담하고 아름다운 마을이었다. 한국전쟁 당시 터키 파병군의 첫 출항지였던 시리아 국경 근처의 항구도시 이스켄데룬에 다녀오기도 했다. 겨울의 들머리에는 무비자로 입국한 외국인은 구십일 이상 체류할 수 없다는 규정 때문에 잠시 그리스에 다녀오기도 했다. 지중해의 휴양도시 안탈리아에서 해넘이를 맞았고 겨울이 한창이던 시기에는 파무칼레를 시작으로 지중해와 에게 해 연안의 도시를 거쳐 이스탄불을 마지막으로 앙카라로 돌아오는 기나긴 여행을 다녀오기도 했다. 터키를 여행하다보면 알게 된다. 버스에서 보내야 하는 기나긴 시간들 역시 터키 여행의

문길환
식전버스에서
우연히 만나
'노랜머리 친구'라는
별 붙인 친절운전의
환갑을 연발.

한 부분임을. 오랜 세월이 흐른 뒤에도 장거리 노선을 운행하는 버스의 세부적인 것들마저 정확히 기억할 수 있을 듯하다.

그러나 그보다 많은 시간을 숙소에 처박혀 지냈다. 쩍쩍 갈라지는 소리를 내며 라디에이터에 뜨거운 물이 차오르면 내 몸속 피톨들도 활발하게 움직였다. 눈이 내리면 창문을 열고 손바닥을 내밀었다. 눈의 맛은 한국과 똑같았다. 묽은 눈물 맛이 났다. 기숙사 마당을 에워싼 앙카라 대학 부속 전문교육기관에 다니는 학생들이 눈싸움을 했다. 고대의 장수처럼 맹렬하게 여학생의 뒤를 쫓다가 눈덩이를 정확하게 그 여학생의 뒤통수에 맞힌 남학생을 보며 끌탕을 했다. 너도 장가가기는 어렵겠구나. 어느날인가는 바지 주머니에 두 손을 찌른 채 눈 사이로 난 길을 묵묵히 걷는 흑인 청년을 보았다. 나는 그 청년의 상념이 부러웠다. 청년이란 생각에 잠기는 것만으로도 숭고해질 수 있는 존재다.

여전히 벗을 만나지는 못했다. 아무런 연고도 없는 앙카라 시내를 떠돌아다니기도 했다. 어디선가 아지즈 네신의 흔적을 발견할 수 있지 않을까라는 헛된 열망을 품은 채 나와는 무관한 사람들과 이따금 의미심장한 눈빛을 교환하며 앙카라 성과 겐츨리크 공원과 아타튀르크 대로를 걸었다. 앙카라의 상징물인 청동사슴상을 지나 크즐라이 번화가를 거닐고 부촌인 찬카야 근방을 서성

대기도 했다. 지중해의 대도시 이즈미르가 고향인 메흐메트는 앙카라를 무뚝뚝한 도시라고 말했다. 교육, 정치, 외교의 중심지인 앙카라는 가진 게 없는 시골 청년들이 자신들의 관운을 시험하기 위해 찾아드는 도시다. 터키 현대사에서 여러차례 일어났던 군부 꾸데따는 모두 앙카라를 무대로 삼은 사건이었다.

내가 가장 자주 오갔던 길은 숙소에서 악퀴우르트라는 슈퍼마켓에 이르는 길이었다. 이틀에 한번 꼴로 5리터짜리 생수와 감자, 양파, 과일 등을 사 날랐다. 슈퍼마켓 앞 야채와 과일 매대는 사십대 중반으로 보이는 사내가 담당했다. 나는 터키어를 할 줄 모른다. 사전과 문법책을 사긴 했으나 공부하지는 않았다. 간단한 단어들 몇개만 외웠고 내가 구사할 수 없는 문장을 억지로 짜내야 하는 상황을 만들지 않기 위해 되도록 입을 다물고 지냈다. 가끔 내 방으로 전화가 왔다. 관리실에서 걸려오는 전화인데 내가 알아들을 수 있는 단어는 '아시아'뿐이었다. 아시아에서 온 사람이냐는 뜻인 것 같았다. 아시아 사람에게 '아시아'라는 말을 듣는 기분은 묘하다. 관리인들은 내가 면전에 있어도 달리 나를 부를 방법이 없었는지 늘 아시아라고 불렀다. 시간이 흐를수록 터키어에 능숙해졌다. 아니 상황에 능숙해졌다. 어디서 왔냐? 한국. 그러면 더 할 말이 없었다. 더러는 북쪽으로 오해하는 경우도 있어 남쪽이라고 덧붙여야 할 때도 있었다. 터키의 슈퍼마켓에서는 과

파묵칼레의 석회층과
소금호수의 모습

일을 마음대로 고를 수가 없다. 담당자가 골라주는 과일만을 사야 한다. 나는 그와도 별다른 말을 나누지 않았다. 그러다 제법 오래 앙카라를 떠났다 돌아와 슈퍼마켓에 들렀던 날 그가 내게 많은 말을 했다. 나는 터키어 단어 몇개만 알아들었을 뿐인데 문장이 이해되었다. 무슨 일이 있었기에 그토록 오랫동안 오지 않았느냐는 말이었다. 그는 살아돌아온 동생이라도 만난 듯 나를 껴안았다. 그리고 우리는 처음으로 대화를 나누었다.

"외렌지?(학생?)"

"요크, 야자르.(아니요, 소설가.)"

"야자르?"

"야자르."

그는 손바닥에 글을 쓰는 시늉을 했고 나는 고개를 끄덕였다.

"타맘, 로망스.(네, 소설.)"

그리고 나는 단어가 아니라 내가 아는 유일한 터키어 문장을 처음으로 발음했다.

"벤 야자름.(나는 소설가입니다.)"

그가 환하게 웃었다. 소설가라는 사실을 밝혔을 때 누군가 그처럼 환하게 웃어준 적이 있었던가. 그때가 처음이었고 어쩌면 마지막일 것이다.

터키에 여섯달을 머물렀으면서도 구사할 줄 아는 온전한 문장이 '벤 야자름' 하나뿐이라는 사실이 부끄럽지는 않다. 말의 불완전성은 오랜 세월 언어학자만이 아니라 시인과 소설가도 절감한 문제다. 비자 문제로 그리스에 다녀와야 했을 때 대학원생인 외즐렘이 비행기 표 예매를 비롯해 이런저런 일을 돌봐주었다. 이태 전 한국외국어대학교 어학당에서 일년 동안 수학했다는 외즐렘은 한국어를 매끄럽게 구사하는 편이었다.

"고마워서 저녁식사를 대접하고 싶은데 어떠세요?"

"됐어요."

외즐렘은 그런 제안을 해줘서 무척 고맙지만 사양할 수밖에 없는 처지임을 알아달라는 표정이었다. 이런 경우에는 '됐어요'가 아니라 '괜찮아요'가 올바른 표현이라고 일러줄 엄두조차 나지 않았다. 어쩌면 진심이었는지도 모른다. 느닷없는 저녁식사 권유에 불편해진 마음을 고스란히 내비쳤던 것인지도 모른다. 어쨌거나 언어는 불완전성이 특기다. 앙카라의 택시기사는 한국의 택시기사 못지않게 수다스럽다. 내가 알아듣지 못한다는 걸 짐작하련만 끊임없이 무언가를 묻는다. 내가 대답하지 않아도 이미 고개를 주억거리고 모든 걸 알겠다는 듯 깊은 공감을 표시한다. 택시에서 내리면 얼마쯤은 택시기사와 교감했다는 생각이 들 정도다.

아버지도 그랬다. 우리 부자는 대화를 별로 나누지 않았다. 같은 언어를 써도 언어가 필요치 않은 경우는 흔했다. 대신 침묵을

열기구에서 바라본
카파도키아

방패막이 삼아 상대의 감정을 상상하려는 노력을 상대가 알아채지 못하게 기울일 뿐이었다. 생각해보면 말하지 않았기에 이해가 가능했던 감정들도 많은 듯하다. 앙카라에 머무는 동안 나는 여러차례 이스탄불에 다녀왔다. 때로는 긴 여행의 기착지로 잠시 들르기도 했지만 거처를 정해 이스탄불 곳곳을 쏘다니기도 했다. 말을 알아듣지 못하기에 상대의 눈빛과 몸짓에 몰두하게 된다. 무슨 뜻인지는 몰라도 억양에 민감하게 되고 시선이 향하는 곳을 물색하게 되고 그러다보면 반쯤은 알아들을 수 있게 된다. 아는 단어가 한두개쯤 귀에 들리면 반갑다. 맥락이야 어찌 됐든 뜻을 아는 몇개의 단어가 증폭하여 끝내 시시한 오해에 불과했다고 밝혀진다 해도 상관없을 상상에 빠져드는 기쁨을 누린다. 어쩌면 나와 많은 대화를 했다고 믿은 택시기사가 옳았을지도 모른다.

나는 '엄마'를 뜻하는 터키어를 안다. 진눈깨비 흩날리던 이스탄불 어느 거리에서도 들었고 앙카라 버스터미널에서도 들었다. 그리고 어느 새벽 쾨치외렌으로 가는 무료 셔틀버스인 세르비스 안에서도 들었다. 삼십분에 한대 꼴로 출발하는 세르비스는 콩나물시루처럼 사람이 빽빽하게 들어차야 출발했다. 함께 올라탄 엄마를 놓친 세살쯤으로 보이는 꼬마아이의 눈동자가 등잔만 하게 커지는 걸 보았다. 아이의 자그마한 입술 사이로 서글픈 음성이 흘러나왔다.

"안…… 네…… 안…… 네."

엄마, 엄마. 간절할 때면 누구나 엄마를 찾는다. 그러면 어디선가 부드러운 손이 나타나 아이의 볼을 어루만진다. 걱정하지 마, 아들아. 엄마 여기 있어. 그렇게 말하지 않아도 아이는 안다. 나는 고개를 돌려 창밖을 보았고 아빠를 뜻하는 터키어는 '바바'라는 쓸모없는 생각을 떠올리다 나도 모르게 눈물을 툭 떨구었다.

아자르 아사르

　　　　　　　　　가보지 못한 곳이 너무 많았다. 이드리스의 고향 완은 대지진으로 참혹해져 차마 방문할 수가 없었다. 흑해 최대의 도시 트라브존에도 가보지 못했다. 아쉽지는 않았다. 귀국 일자가 다가올수록 마음이 급해졌다. 만나기를 고대했던 벗들을 언제 만날 수 있을지 기약할 수 없었다. 예심 선생에게 함께 가자고 부탁할 수는 없었다. 한국어문학과의 수업을 학장과 반분한 터라 월요일을 빼고는 매일 빡빡한 강의 일정을 감당하는 것만으로도 충분히 피로해 보였다. 한국·터키 작가대회 때 통역으로 배석했던 괵셀 선생에게 조심스레 부탁을 했다. 카파도키아 근처 카이세리의 에르지예스 대학에 재직하는 분이었다. 에르지예스 대학 한국어문학과는 앙카라 대학 한국어문학과보다 연원이 깊다고 알려졌다. 몇해 전 한국문학번역원에서 파견작가를 몇명 보내기도 했던 곳이다.

2월의 마지막 주말, 괵셀 선생과 함께 이스탄불에 갔다. 이미 전에 이스탄불을 방문했을 때 충분히 둘러본 터라 더는 관광할 생각이 없었다. 아야 소피아 박물관과 톱카프 궁전은 두번씩 들렀고 블루 모스크(술탄 아흐마드 모스크)와 돌마바흐체 궁전을 비롯해 에유프의 언덕 정상에 즐비한 까페들도 들러보았다. 갈라타 다리를 수없이 건넜고 탁심 광장에서 이스티크랄 대로를 따라 갈라타 탑까지도 걸어보았다. 군사박물관에 들러 한국전쟁관을 보았고 에미뇌뉘 혹은 카라쾨이 선착장에서 출발해 보스포루스 제2대교를 반환점 삼아 돌아오는 유람선도 타보았다. 흥미롭긴 했지만 여전히 소삽한 기분이었다. 서양인에게 이스탄불은 아직도 콘스탄티노플이었다. 오스만튀르크가 콘스탄티노플을 정복하기는 했지만 완전히 파괴하지는 않았다. 이스탄불은 내부에 콘스탄티노플을 품은 도시다. 앙카라가 밤을 품은 대낮의 도시라면 이스탄불은 서양을 품은 동양의 도시였다.

나는 터키에 머무는 내내 흔히 러시아를 가리킬 때 언급하는 '지리적 정신분열증'이라는 낱말을 자주 떠올렸다. 동양과 서양의 중간지대. 그러나 필연적으로 서구지향적일 수밖에 없는 사람들. 이러한 상황이 문제적인 이유는 자신을 부정하지 않은 채 그런 일을 해내려 애쓰기 때문이었다.

해 질 무렵의 이즈미르 앞바다.

야샤르 케말은 생각보다 정정했다. 파킨슨병을 앓는 아흔살의 노인이라고는 믿을 수 없을 정도였다. 하늘색 캐시미어 티에 갈색 모직 재킷을 걸친 야샤르 케말은 이마가 훤했고 거기에 잡힌 주름마저 단정해 보였다. 그는 어린 시절 사고로 눈을 다쳐 실명했던 이야기를 들려주며 딱 한번 안경을 벗었다. 그의 짜부라진 오른쪽 눈이 안경 너머로 사라질 때 상처가 순식간에 아물어버리는 광경을 목격한 듯한 기분이었다.

처음이면서 마지막이기도 할 이 만남에서 우리는 픽셀 선생을 경유해 대화를 나누었다. 약력을 통해 알았던 것과는 다른 사실도 알게 되었다. 그는 우리에게 알려진 것과는 달리 반쪽짜리 쿠르드인이 아니었다. 그의 아버지와 어머니 모두 쿠르드인이었다. 나는 터키에 머무는 동안 터키어를 가장 정확하게 구사하는 작가는 야샤르 케말뿐이라는 말을 수없이 들었다. 그렇게 말한 이들은 모두 튀르크인이었다.

야샤르 케말의 아버지는 그가 다섯살 때 그의 소설에 묘사된 인물과 비슷하게 명예복수에 연루되어 목숨을 잃었다. 그는 오만할 만큼 자존심이 센 청년이었던 듯하다. 집안에서 터키어를 한마디 했다는 이유로 어머니에게 크게 야단맞은 청년 야샤르 케말은 집에 불을 지르고 도망쳤다고 한다. 하지만 덜컥 겁이 난 그는 "불이야! 불이야!" 하고 외쳐 마을 사람들이 자신의 집으로 달려가는 걸 보고 난 뒤에야 멀리멀리 떠났다고 한다. 소심함에는 내력이 있다.

그는 자신의 서재 소파에 앉아 이야기를 했고 나는 비스듬히 마주 앉은 채 그의 이야기를 들었다. 넓은 유리창 너머로 보스포루스 해협과 건너편 유럽지역이 보였다. 그곳에서는 시간이 느리게 흘러갔다. 해협을 오가는 유람선과 컨테이너선마저 정지한 듯 보였다. 해가 기울수록 서재는 어두워져갔으나 그의 목소리는 더 또렷해졌다. 나는 오래전부터 이 세계 어느 곳에는 시간이 멈추거나 그게 아니라면 적어도 시간의 흐름이 현저히 늦춰진 작고 따스한 공간이 있을 거라는 상상을 했다. 상상은 이따금 현실이 되기도 한다. 뜻하지 않은 어떤 순간에 말이다.

야샤르 케말.

세르반떼스, 빅또르 위고, 도스또옙스끼, 안똔 체호프, 스땅달,
똘스또이…… 그가 호명하는 이름들을 나도 복기하듯 입속으로
불러보았다. 오래된 벗들…… 청년 시절 자신에게 영향을 끼친
작가들의 이름을 말할 때의 그는 문학청년처럼 열띤 얼굴이었다.
하지만 그 시절의 그는 한가롭지 않았다. 중학교를 중퇴한 뒤로
트랙터 기사, 농장의 파수꾼, 임시교사를 전전하다가 아다나의
한 도서관에서 임시직으로 일을 시작한 뒤에야 문학에 눈을 뜨
게 되었다. 그의 입을 통해 듣는 그의 이력은 무척 낯설었다. 몇줄
로 요약된 약력에서는 느낄 수 없는 섬세한 고통이 전달되어서인
듯했다. 어느새 다섯시간이 훌쩍 지나가버렸다. 이미 바깥은 깜
깜했고 유리창에는 내부의 풍경과 외부의 풍경이 겹쳐진 채 비쳤
다. 안과 밖이 뒤섞이는 시간이었다. 마지막으로 젊은 소설가에

게 당부하고 싶은 말이 있느냐고 묻자 그는 윗몸을 기울여 내 쪽
으로 얼굴을 바싹 붙이더니 이렇게 말했다.

"자본주의에 굴복하지 말라."

나는 이미 죄를 지은 사람처럼 고개를 꺾을 수밖에 없었다.

다음 날에는 이스탄불 중심가에서 버스로 두시간쯤 떨어진 차
탈자라는 한적한 시골마을을 찾았다. 오가는 차들이 드문 지방도
로 옆에 낡은 건물이 있었고 대문 위에는 '초주크 제네트(아이들
의 천국)'라 쓰여 있었다. 아지즈 네신 재단이 운영하는 고아원이
었다.

고아원 원장은 사십대 사내인 술레이만 지한기로울루 씨였다.
술레이만 씨는 바로 이 고아원 출신이었다. 이스탄불에서 대학을
다닌 뒤 직장생활을 하다가 아지즈 네신의 둘째 아들의 부탁을
받아들여 몇해 전부터 원장직을 맡았다고 한다.

입구의 작은 건물은 재단 사무실이었다. 그 건물을 지나면 두
채의 건물이 잇대어 섰는데 왼쪽 5층짜리 건물에는 놀이방, 식당,
교실, 침실이 있었고 오른쪽 3층짜리 건물에는 아지즈 네신의 유
품을 모아둔 전시실과 도서관이 있었다. 내 눈길은 특히 아지즈
네신을 찍은 사진들에 끌렸다. 재산을 탈탈 털어 재단을 설립하
고 이 건물을 지을 무렵의 아지즈 네신은 무척 소탈해 보였다. 기
초와 뼈대만 세운 건물 2층에 인부들과 나란히 앉아 찍은 사진을

아지즈 네신 재단이 운영하는 고아원과 재단 건물.
여기 어딘가에 아지즈 네신이 묻혔지만
무덤의 위치는 직계가족을 제외하고는 아무도 모른다.
고아원의 작은 건물에 아이들이 그린 낙서가 귀엽다.

볼 때는 아지즈 네신이 금방이라도 엉덩이를 툭툭 털고 일어나
망치질을 할 것만 같았다. 이 건물을 짓는 동안 아지즈 네신은 마
당에 텐트를 치고 살았다. 자신의 책에서 발생하는 인세에 대한

권리를 전부 재단에 넘겨준 사실이 들통 나 이혼을 당한 것도 그무렵이었다.

야샤르 케말이 터키의 국민작가 대접을 받는 경우라면 아지즈 네신은 그를 좋아하는 사람과 싫어하는 사람이 분명히 나뉘는 경우라고 할 수 있다. 특히 그가 "터키 국민의 사십 퍼센트는 바보 멍청이다"라는 발언을 한 뒤로 그렇게 되었다고 한다. 그의 주검은 고아원 뒤로 펼쳐진 과수원 어느 곳에 묻혔으나 정확한 무덤의 위치는 직계가족 외에는 아무도 모른다.

눈길을 끄는 사진이 한장 있었다. 살만 루슈디와 함께 찍은 사진이었는데 어딘지 모르게 두사람의 표정은 어색했다. 고아원을 떠나기 전에 나는 술레이만 씨에게 물었다.

"아지즈 네신 선생이 살만 루슈디의 '악마의 시'를 출판한 일로 폭탄테러까지 당한 걸로 아는데 사진에서 두사람은 전혀 정다워 보이지 않더군요."

술레이만 씨의 설명에 따르면 아지즈 네신은 살만 루슈디의 소설이 지닌 문학적 가치뿐만 아니라 인품도 인정하지 않았다고 한다. 그런데 왜?

"선생은 이렇게 말씀하셨어요. 내 조국 터키가 진정한 민주주의공화국이라면 출판될 수 없는 책이란 없어야 한다."

터키에 머문 여섯달 동안 나는 늦여름이 저물어 가을이 오고 가을이 깊었다가 겨울이 오는 걸 속절없이 지켜보았다. 내가 떠날 무렵 계절은 겨울의 끄트머리였다. 아나톨리아 고원을 부는 바람을 맞으며 귀국하는 비행기에 오를 때 가슴 한구석에서 피어난 감정은 마치 다정한 벗과 술잔을 기울이다 밤 깊어 홀로 귀가하여 다시 적막한 책상 앞에 앉았을 때 엄습해오던 감정과 비슷했다. 그럴 때마다 내가 스스로에게 다짐하는 말은 매번 똑같은 문장이다. 벤 야자름.

나는 여전하다. 터키를 다녀온 뒤에 달라진 게 있다면 벗을 만난 적이 있느냐 없느냐일 뿐이다. 그러나 안다. 다시 만나자는 기약은 없었지만 소설가의 벗은 그런 식으로 자신의 자리를 지키다 늙어 죽는 것임을. 내가 해야 할 일도 바로 그런 종류의 일이라는 것을. 바깥이 소삽하다. 언젠가 누군가 나를 찾아준다면 나도 그렇게 말해줄 것이다.

바깥이 소삽하오. 얼렁 들어오시오.

터키에서 돌아온 이유는 나도 누군가의 벗이 되고 싶어서였다.

카리브 해에서 만난 미국

이혜경

아이오와,

강과 나무와 느린 시간

　　　　"산…… 가장 가까운 산은 어디예요?"

　씨더래피즈 공항으로 마중나온 IWP(International Writing
Program) 스태프 댄에게 묻는 내 목소리는 조금 절박했다. 시카
고 공항에서 수하물로 보낸 가방 하나가 다른 데로 가버렸다는
걸 알게 되었을 때도 그저 그런가보다 했는데. 댄이 안됐다고 했
을 때, 가방의 행방을 확인했고, 조만간 내 숙소로 보내줄 거라는
말까지 들어서 느긋해진 채 "괜찮아요. 사실은 좀 재미있기도 해
요. 나 가방 잃어버린 거 처음이거든요"라는 대답으로 댄을 어이
없게 만들었는데.

　"산? 멀어요. 아주, 아주 멀어요."

잘 걷다가 허방을 디딘 듯 마음이 푹 꺼졌다. 아이오와가 중부 평원지대라는 것은 알고 있었다. 그래도 그렇지, 어떻게 눈 닿는 곳마다 지평선이고, 산 그림자도 보이지 않는 걸까. 오래전, 인도네시아에서 이태 동안 머무를 때 가장 그리웠던 것도 한국의 산이었다. 한국을 떠날 때 당분간 못 볼 사람에 대한 마음은 차곡차곡 접어서 두고 왔다. 내 힘으로 가능하지 않은 일에는 단념이 빠른 편이라서 향수병이나 그리움 같은 건 그다지 우려하지 않았다. 그런데 복병이 있었다. 평원에 삼각뿔처럼 되똑하니 솟은 인도네시아의 산을 보다보니, 끊어질 듯 이어지며 산맥을 이룬 한국의 산이 사무치게 그리웠다. 내 마음속의 산 비슷한 산을 만난 것은 귀국 직전에 술라웨시 섬에 갔을 때였다. 밤 버스 안에서 거뭇하게 이어지는 산등성이를 보니 비로소 숨통이 트이는 듯했다. 그런데 두달 반 동안 머물러야 하는 도시 근처에 산이 없다니, 이곳에 오기로 한 게 잘한 일인지 의심스러워졌다.

세계지도를 펼쳐놓고 내가 가고 싶은 곳을 순위로 매긴다면, 미국은 아마도 가장 낮은 곳에 놓일 것이다. 1960년대와 1970년대에 유소년기를 보낸 내게 미국은 '외국'의 동의어나 다름없었다. 급식시간에 나누어주던 옥수수빵, 미군부대, 미제장수, 텔레비전에서 틀어주는 서부영화. 이십대 땐 미국이 친근한 우방이 아니라 다른 나라를 좀더 세련된 방식으로 식민화하는 국가라는 정보가 추가되었다. 어쨌거나 미국은 가보고 싶은 곳이 못되었다. 너도나도 좋아하는 곳보다는 남들이 가지 않는 곳에 끌리는 성향이기도 했다.

만우절의 만우절다운 사고가 아니었다면 이곳에 오는 일은 없었을 것이다. 사고는 몸에 일어났는데 사고를 수습하는 과정에서 다친 마음이 더 아팠다. 말뚝에 끈으로 묶인 어린 염소처럼, 마음이 그 일에서 떠나지 않았다. 오십대가 되도록 세상을 너무 몰랐다는 뒤늦은 자각과 함께 내가 살아온 방식 자체에 회의가 일었다. 피해의식이 슬금슬금 내 마음에 발을 내리려 했다. 피해의식이 사람을 얼마나 방어적으로 만드는지, 나아가 공격적으로 만드는지 주변에서 보아 알고 있었다. 내가 그렇게 될까봐 두려웠다. 마음의 진흙탕을 혼자 맑히기 어려울 땐 좀 떨어져 있는 편이 나았다. 잠깐 떠나 있는다고 해서 가라앉기엔 흙탕물의 농도가 조금 짙었다. 좀 오래 떨어져 있기 위해 이것저것 알아볼 힘도 없을 만큼 진이 빠져 있었다. 편하게 떠나 있을 방법으로 내가 생각할 수 있는 건 문화예술위원회와 한국문학번역원의 작가파견 프로그램에 지원하는 것뿐이었는데, 이미 마감일이 지나 있었다. 다행히, 한국문학번역원에서 2차 지원을 받는 아이오와 대학이 남아 있었다.

숙소인 아이오와 하우스 호텔의 화장실은 눈부셨다. 한평 조금 넘는 크기의 화장실에 전구가 무려 다섯개였다. 천장의 커다란 형광등, 세면대 위 거울엔 60와트는 됨직한 전구 네개. 오랜 비행으로 푸석거리는 피부가 적나라하게 드러났다. 수건걸이에 매달린 안내문이 무색할 지경이었다. '지구를 위해 타월을 한번 쓰고 내놓지는 말아주세요.' 두달 반 동안 혼자 사용할 방이었다. 전구 몇개를 돌려서 꺼놓을까. 거울 위를 노려보다가 그냥 돌아섰다. 여긴 미국이었다. 잔뜩 생산하고 마구 소비하는 나라.

2008년에 낭독회가 있어 처음 미국에 왔다. 캐나다를 포함한 다섯개 대학을 도는 일정이었다. 북미대륙을 종횡으로 누비면서 비로소 깨달았다. 내 윗세대들이 미국을 말할 때의 외경이 어디에서 연유한 것인지를. 생존에 급급하던 한국 사람들에게 한없이 넓고 기름진 땅과 그 안에서 누리는 것들은 '선택받은 사람들이 사는 축복받은 땅'으로 각인되었을 것이다.

낭독회 사이의 어느 하루, 사과 과수원에 들렀을 땐 선망으로 가슴이 아렸다. 문외한인 내가 보기에도 흙은 기름졌다. 거둘 일손이 적어선지 멀쩡한 사과가 땅에 떨어져 썩고 있었다. 이 사과 한알에 목숨이 오가는 생명도 지구상에 있으리라. 너른 땅에서 땅의 크기에 비해 적은 인구가 사는 미국. 그러니 이동하는 데엔 자동차가 꼭 필요할 테고, 기름을 많이 소비하는 것은 물론 대기오염으로 이어질 수밖에. 미국이 몇 주(州)만 떼어 다른 나라에 양도한다면, 가령 가뜩이나 척박한데다 자연재해까지 어김없는 방글라데시 같은 나라 주민들을 이주시킨다면, 그들이 기아에서 벗어날 것이다. 그러면 자동차로 움직일 거리가 줄어드니 석유 소비량도 줄 것이다. 아흔아홉섬 가진 사람이 한섬뿐인 사람 것을 빼앗아 백섬 채운다는 말을 잊은 채 그런 상상을 했었다.

저녁식사를 해결하고 당장 필요한 물품을 장만하러 호텔을 나섰다. 맨 먼저 눈에 들어온 건 나무들이었다. 수십년, 어쩌면 그보다 더 오랜 세월 한자리를 지켰을 나무들이 늠름했다. 짧은 반바지에 배낭을 멘 학생들 또한 나무처럼 생명의 기운을 내뿜고 있었다. 학비 마련과 스펙 쌓기에 짓눌려 지레 생기를 잃은 한국의 대학생들이 잠깐 스쳤다.

슈퍼마켓 앞 공터에서 공연하는, 몸을 흔들며 발라드풍의 노래를 부르는 여자 싱어에게서도 싱그러운 생기가 뻗쳤다. 그 리듬에 맞춰 산책 나온 주민들은 춤을 추었다. 대여섯살쯤 된 여자아

거리공연을 즐기는 주민들.

이, 원피스 차림에 맨발로 훌라후프를 돌리다 그걸 들고 춤추는 처자, 휠체어에 앉아 바퀴를 굴려 뱅글뱅글 도는 사람…… 낯선 도시에 내린 첫 저녁, 벤치에 앉은 채 그 모습을 바라보자니 마음이 가만가만 가라앉았다. 누군가가 작은 손으로 어깨를 다독거려 주는 것 같았다.

그 주말이 지나자마자 시작된 프로그램은 내겐 조금 벅찼다. 집단생활에, 빡빡한 일정에, 영어 스트레스까지. 마음이 산란할 때면 나가서 걸었다. 보행자를 위한 배려가 자연스럽게 녹아든 도시였다. '유네스코 지정 세계 3대 문학도시'라는 명성에 걸맞게, 보도엔 문학작품에서 딴 구절을 새긴 동판이 박혀 있었다. 그걸 읽는 재미도 쏠쏠했다. 중심가엔 오가는 사람 누구든 즉흥연주를 할 수 있도록 오르간이 놓여 있었다. 이따금 마음의 현을 퉁기는 연주를 만나는 행운을 누리기도 했다. 다운타운에도 강변에도, 쉬어 가기 맞춤한 벤치들이 많았다. 거기 앉아서 보온병에 든 차를 마시면 바람결이 머리를 거뿟하게 했다. 조정 연습을 하는 젊은이들의 기합 소리가 강변을 울렸다.

프로그램이 시작된 지 열흘도 채 안 지났을 때, 일곱살 난 아이를 두고 온 나이지리아의 여성 작가는 향수병에 걸렸다고 고백했다. 부드럽고 진중한 베네수엘라 작가는 메뉴가 전혀 변하지 않는 아침식사에 질렸다며 나이프로 자기 가슴을 찌르는 시늉을 했다. 합창단 출신이라는 그와 늘 지저귀는 새처럼 발랄하던 마르

아이오와 강에서 조정 연습을 하는 모습을 자주 볼 수 있다.

티니크 섬 출신 프랑스 작가가 식당에서 레치타티보 형식으로 주고받은 노래는 아름다웠다. 언제 봐도 '요조숙녀'라는 말을 떠올리게 하던 호주 작가는 조용조용히 움직이면서도 사람들을 두루 챙겼다. 반백의 인도 작가에게서는 은은한 기품이 배어나왔다. 그들을 보는 즐거움이 빡빡한 일정을 보상해주었다. 물 만난 물고기처럼 집단생활을 즐기는 사람도 있었고 뭍으로 내동댕이쳐진 물고기처럼 호흡이 힘들어 보이는 사람도 있었다. 동료의 낭독회며 강의에 열심히 참가하던 작가들이 점점 자기 방에 틀어박히기 시작했다. 늘 우아하고 침착하던 자메이카 작가가 피곤한 얼굴로 말했다. "너무…… 길어." 나도 고개를 주억거렸다. 집에서 새는 바가지 들에 나간다고 안 샐까. 한국에서도 여럿이 모이는 자리를 즐기지 않던 습성을 태평양에 떨어뜨릴 수 있었더라면

시카고 밤거리에서 만난 시위대.

좋았겠지만 그러지 못했다. 술자리 같은 데서 어울리기보다는 혼
자 산책하거나 여기저기 돌아다니는 게 더 편했다. 그러다 찾아
낸 곳이 숙소와 이어진, 학생회관처럼 사용하는 공간이었다. 그
곳 영화관 옆의 로비엔 소파며 탁자가 여럿이었고, 그 위층으로
올라가면 제법 호젓하게 앉아 있을 수 있는 자리들이 있었다. 노
트북을 들고 탁자 하나를 차지하면 시간이 훌쩍 흘러가곤 했다.

　9·11 테러 십주년 무렵, 영화관 앞 로비엔 전에 없던 커다란 화
이트보드가 놓였다. 저게 뭘까, 했는데 그 하얀 보드 위에 각각 다
른 필체로 문구들이 적히기 시작했다.

　"나는 무슨 일이 벌어졌는지 알 수 없었다. 그런데 엄마는 나를
학교에서 데려왔다. 엄마는 세상이 끝난다고 생각했다."

카리브 해 · 이혜경

164

"나는 6학년 교실에서 두려움에 찬 채 텔레비전을 보았다. 눈물이 흘러넘쳤다. 내 나라를 생각하자 어쩐지 뭉클해졌다."

"언니의 생일이었다. 언니는 늘 그해 생일에 있었던 끔찍한 사건에 대해 말한다."

"나는 스리랑카에 있었기에 아직까지도 미안함을 느낀다. 소방대원과 구조의 손길이 닿지 못한 희생자들의 명복을 빈다. 새 빌딩은 멋져 보인다."

한껏 진지하게 나가다가 '새 빌딩은 멋져 보인다'로 급선회한 문장에 미소 짓다가 문득 궁금해졌다. 이 학생들 가운데 미국의 공습으로 숨죽인 다른 나라 사람들을 떠올리는 사람이 몇이나 될까. 월가 시위의 여파로 아이오와나 시카고에서 시위대를 만났을 때에도 생각은 곁가지를 쳤다. 경제가 어려워지고 일자리가 부족해지면 화살이 이민자들을 겨눌지도 모른다는.

프로그램이 끝날 무렵, 평소 패널 토론을 하던 공공도서관에서 '미국의 인상'이라는 주제로 각자 오분 스피치를 한다고 했다. 다른 작가들의 눈에 비친 미국에 대한 궁금증으로 도서관에 갔다. 허탈했다. 그 자리는 감사와 덕담이 난무하는, 말하자면 상찬의 자리였다. 그 말들을 들으며 내가 준비한 원고를 펼치자니 자신이 한심하다 못해 키득키득 웃음이 나왔다.

'미국의 인상'이라는 주제를 들었을 때, 내 생각은 이랬다. '아하, 이 사람들도 타자의 눈으로 자기를 보려고 노력하는구나.' 그에 걸맞게 성의를 보여야 할 것 같았다. 짧은 시간 안에 할 말을 담느라 아예 분량에 맞게 원고를 써서 프린트했다. 미국의 인상에 대해서라면 하고 싶은 말이 있었다.

미국인 개개인은 대체로 친절했다. 빵집에서 3달러가 조금 넘는 빵을 산 적이 있다. 카운터의 여직원에게 지폐 3달러를 주고 동전지갑을 내밀었다. "미안하지만 직접 챙겨줄래요? 난 동전 구분을 잘 못하거든요." 웃으며 동전지갑을 받아든 그녀는 내 예상보다 오래 동전을 헤아렸다. 마침내 동전 분류를 마친 그녀는 동전지갑과 함께 지폐 2달러를 돌려주었다. "동전은 무겁잖아요." 시카고 미술관에 가기 위해 탄 시내버스에서 옆자리 여자에게 어디에서 내려야 하는지 물었다. 다른 쪽에 앉아 있던 할머니가 자기를 따라내리면 된다고 했다. 흰머리가 곱던 그 할머니는 미술관에서 근무하는 사람이었다. 그림을 보고 나서 맡겼던 가방을 찾기 위해 줄에 서 있을 때였다. "어땠어요? 잘 봤어요?" 그 할머니였다. 가방을 찾느라 지나친 카운터에서 나를 보고 일부러 와서 인사한 것이다. 그런 소소한 친절들이 감동을 주었다. 그런 개인들이 모인 나라인 미국은?

나는 9·11 이후 도리스 레싱이 한 말을 인용해 발표하려고 했다. '미국인들은 낙원을 잃었다고 느낀다. 애초에 어째서 자신들에게 그곳에 있을 권리가 있다고 생각했는지에 대해선 자문해본 적이 없다. 두달 반 동안 나는 그 권리에 대해 자문하는 것처럼 보이는 사람도 만났고 그렇지 않은 사람도 만났다. 이 프로그램 또한 미국 밖의 시선으로 미국을 보려는 노력의 하나라고 생각하고, 그렇게 되기를 바란다.' 하필 이들에게 가장 아픈 기억을 상기시키는 게 걸렸지만, 그래도 말하고 싶었다. 그러나 나의 발언은 이 화기애애한 자리에 찬물을 끼얹는 정도가 아니라 드라이아이스를 퍼붓는 격이 될 터였다. 미국의 인상에 대해 듣고 싶다며! 어쩌면 프로그램에 참가한 작가들이 지나치게 예의 바른 것일지도 몰랐다. 아니면 미국을 보는 내 눈이 너무 까칠하거나. 발표를 위해 준비했던 원고를 차곡차곡 접어 호주머니에 넣었다. 미국에서 벗어난다는 게 홀가분하게 느껴졌다.

싼또도밍고,
표정 지운 인형들

비행기가 어둠 내린 싼또도밍고 공항에 착륙했다. 물 위를 달리는 수상스키처럼 매끄러운 착륙이었다. 여기저기서 박수가 터져나왔다. 풋, 웃음이 나왔다. 가뜩이나 출발하기 전부터 시끌시끌하던 기내였다. 명랑한 수다와 웃음이 좌석 여기저기서 팝콘 터지듯 들려왔다. 비행기가 아니라 파장한 뒤의 시골 버스에 탄 것 같았다. 사람 구경이 더 재미있을 듯해서 읽던

산또도밍고에서는 색채를 아낌없이 사용한 건물들을 만날 수 있다.

책을 아예 덮었다. 무사히 도착한 안도감을 저렇게 천진하게 표
현하다니. 웃다 말고 나도 덩달아 박수를 쳤다. 마음에 거품이 이
는 듯 가벼워졌다. 카리브 해에 왔다는 실감이 났다.

  도미니까공화국엔 내가 한국국제협력단원으로 인도네시아에
갔을 때 동료였던 H가 살고 있었다. 마침 룸메이트가 다른 데로
떠나가서 방이 하나 비었다며 반겨주었다. 체력이 짱짱한 편이
던 H는 인도네시아와 베트남, 도미니까 등지에서 자원봉사자로
십여년을 보내는 동안 몸이 많이 축난 듯했다. 밥이나 해주면서
H가 출근하면 빈집에서 조용히 보내리라. 내 계획을 들은 H는
이메일에 조심스럽게 덧붙였다. "그런데 소음은 조금 각오하셔
야 할걸요?" 여행할 때마다 챙기는 이어플러그를 믿고 괜찮다고

했다. 손님맞이한다고 꽃무늬 이불커버까지 새로 사서 빨고 다려 놓은 호사스러운 침대에 몸을 뉜 첫날밤에 깨달았다. 괜찮지 않다…… 아파트는 찻길 바로 옆이었다. 이중문 같은 걸 기대하지는 않았지만 유리창의 일부가 블라인드 형식인 건 뜻밖이었다. 덥고 습한 나라이니 통기가 가장 중요했을 것이다. '방음? 그게 왜 필요해?' 하는 듯했다. 새벽에 겨우 눈을 붙였다가 거실에 나가니 아침 댓바람부터 시끌시끌했다. 2미터도 채 안 떨어진 옆 동에서 틀어놓은 라디오 소리가 옛날 시골마을 이장집의 확성기 소리만큼이나 컸다. 온종일 소음에 시달리다보니 머릿속이 들끓어 어질어질했다. 두개골 안에서 뇌가 달각거리는 것 같았다. 얼굴이 노래지고 눈두덩이 푹 꺼진 나를 본 H가 말했다. "그래서 이 나라엔 치매 환자가 아주 드물다잖아요. 남 생각 안하고 떠들고 노래하고 춤춰서 그런가봐요." 한때 '쏘머즈'라 불리던 내 뛰어난 청력을 탓할밖에.

수평선 위엔 구름이 엷게 번져 있다. 파랑, 파르스름, 연하늘, 노르스름, 오렌지빛, 주홍, 갈치 비늘 빛깔, 납빛…… 번지는 놀과 놀이 비친 바다 빛깔을 묘사하려다 포기한다. 말로 차마 그려낼 수 없는 어떤 것들 앞에서 느끼는 무력감조차 지금은 감미롭다. 딴 세상 같은 고요와 잔물결, 그리고 모히또의 은근한 취기. 도미니까에 도착한 지 사흘, 달각거리던 뇌가 리조트의 고요함에 제

카리브 해변

자리를 찾는 것 같다.

　H가 예약해놓은 리조트는 싼또도밍고에서 차로 세시간 거리
였다. 일단 체크인을 하면 하루에 세끼를 먹든 다섯끼를 먹든 상
관없었고, 음료와 온갖 칵테일이 무제한으로 제공되었다. 춤 강
습 하는 시간이나 게임할 때의 소음 말고는 고요했다. 바닷물은
차갑지 않아 몸을 이완시켜주었다. 미국인들이 신혼여행지로 도
미니까를 선호한다는 게 이해되었다. 그들은 공항에서 바로 리조
트로 직행해 안전하고 안락한 리조트 안에서 내내 먹고 마시고
쉬다가 돌아갈 것이다. 그들에게는 도미니까공화국이 저렴한 비

용으로 마음껏 호사를 누릴 수 있는 지상낙원으로 기억될 것이다. 모래사장에는 모래 빛깔의 작은 게가 분주히 돌아다녔다. 포식자의 눈에 띄지 않고 살아남으려 오랜 세월에 걸쳐 제 몸 빛깔을 바꾼 듯했다. 오랜 세월, 아주 조금씩 유전자를 변형시켜오며 살아남은 작은 게. 먼 바다와 하늘의 아름다움에 홀렸던 눈길이 자주 그 게에게 머무르곤 했다.

"언니, 나 오늘 사람들에게 칭찬받았어요. 왜 그랬게요?"

집에 들어서는 H의 얼굴에 희색이 돈다. H는 이 나라 여성부 소속 유엔 자원봉사자로 일한다. 워낙 열심히, 한결같이 일하는 성품이니 업무 때문에 들은 칭찬을 자랑할 것 같지는 않다. 그렇다면……

"매니큐어?"

"에이, 그렇게 대번에 맞히면 재미없잖아요."

바로 맞힐 수 있었던 건 그동안 H가 들려준 이야기 덕분이었다. 꾸미지 않는 걸 나태하다고 여기는 정도가 아니라 조금 과장하자면 죄악이라고까지 생각하는 여자들의 나라. 늘 쾌활하던 동료 하나가 어느날 구름이 잔뜩 낀 얼굴로 나타나서 무슨 일이 있느냐고 물었단다. "나 오늘 이렇게 꾸미고 나왔는데 오는 동안 아무에게도 예쁘다는 소리 못 들었어." 지나가던 남자가 '어이, 예쁜이!'라고 하면 성희롱이 아닌 순전한 감탄으로 여기고 뿌듯해

ⓒ이혜경

하고 캠페인을 위해 맞춘 평범한 단체 티셔츠도 자신의 매력이 한껏 드러나도록 고쳐 입는 여자들. 그들에게 관능은 억눌러야 하는 것이 아니라 발산하는 것이다. 뭐든 생육이 빠른 아열대지방이니 인체의 발육도 마찬가지다. 이차성징이 빠르니 십대에 부모가 되는 일도 드물지 않다.

지난 주말, 리조트로 떠나기 전에 우리는 나란히 앉아서 발톱을 짙은 물색으로 칠했다. 내친김에, 하면서 H는 손톱도 칠했다. H의 손톱을 본 동료들이 탄성을 질렀단다. "이제야 네가 뭘 좀 알게 되었구나. 이제 귀만 뚫으면 되겠다!" H의 귀를 뚫고 귀걸이를 채우는 건 직장동료들의 프로젝트였다. "아니 찰랑거리는 귀걸이가 얼마나 여성스럽고 예쁜데 귀를 안 뚫어?" "귀 언제 뚫을 거니? 내가 잘 아는 집이 있는데 오늘 같이 갈래?" 그런 말에 스트레스를 받던 H, 오랜만에 치장으로 칭찬을 들은 자기가 대견한 모양이었다. "그 정도면 한번 뚫어보지. 그 사람들 얼마나 신나 겠어. 여자들 귀걸이 찰랑거리는 거, 내가 봐도 예쁘던데……" 제 귀도 뚫지 않은 주제에, 나까지 한마디 보탠다.

"저기에 세워주세요(Aquí por favor)!"

운전수의 노래를 끊는 게 미안하지만, 내려야 한다. 노선버스 처럼 정해진 길로만 운행하는 루트 택시는 싼또도밍고의 대표적 인 대중교통수단이다. 운전석 옆자리에 두명, 뒷자리에 네명이 정원이다. 좁은 자리에 네명이 앉아야 하니 가난한 나라의 지혜 가 어김없이 발휘된다. 한 사람이 좌석 등받이에 몸을 붙이면 그 옆 사람은 좌석 절반쯤에 엉덩이를 걸치고, 다시 그 옆 사람은 등 받이에 몸을 기대는 식으로 끼어 앉는다. 뚱뚱한 사람이 적지 않 은데도 지그재그로 앉아서 정원을 다 채운다. 사람으로 꽉 찬 공 간에도 여백은 있나니, 그 여백은 음악으로 채운다. 나로선 메렝 게인지 바차따인지 구분할 수 없는 흥겨운 리듬이 택시마다 출 렁거린다. 메렝게는 이 나라를 삼십년간 통치한 독재자 뜨루히요 시대에 전성기를 누린 이 나라의 전통음악이다. 어깨를 들썩이고 손바닥 장단을 치게 만드는 단순한 리듬의 반복. 깊이 생각하지 마, 생각한다고 달라지는 건 없고 공연히 머리만 아플 뿐이야, 그 냥 잊고 이 순간을 즐겨, 감상에 푹 젖어보자고, 하는 듯하다. 그에 동조하듯 승객 혹은 운전수, 때로는 그 둘 다 큰 소리로 노래를 따라 부른다. 덩달아 택시도 춤을 춘다. 어깨춤을 추고 한 손으로 리듬을 타던 운전수가 흥에 겨운 나머지 아예 양팔을 들어 휘젓기 때문이다. 차에서 내리면서 운전수의 얼굴을 힐끗 본다. 오늘 만난 운전수는 유난히 목청이 좋았다. 노래 잘 들었다고 말하고 싶은데 스페인어를 못하는 나는 그냥 내리며 속으로 말한다. 노래 고마워요. 그런데 운전대에서 손 떼는 건 좀 조마조마했다우.

유럽인들이 아메리카 대륙에서 가장 먼저 세운 도시, 식민지구는 그 시절의 건축물이 여기저기 남아 있는 대표적인 관광지다. 1510년에 지어진 총독 관저며 아메리카 대륙에서 가장 먼저 세워진 성당이 있고, 민예품 등 기념품 가게가 즐비하다. 아침마다 가는 곳인데도 거의 날마다 길을 잃는다. 가능하면 많은 걸 보겠다는 욕심에 갔던 길을 두고 이 골목 저 골목 헤매니까 길을 잃을 수밖에. 길을 잃었다는 걸 깨닫는 순간 노트북과 물, 구운 감자나 고구마 등 가벼운 점심이 든 배낭의 무게가 두배로 느껴진다. 그래도 헤매다보면 언젠가는 스페인문화원의 하얀 담벼락과 만난다. 집보다 한결 조용한 곳이다.

문화원의 전시장 입구 공간엔 원형 탁자 세개가 놓여 있다. 그중 하나에 자리 잡으면, 뜰의 무성한 초록이 눈을 씻어준다. 옆 테이블엔 날마다 한 노인이 와서 신문이나 책을 읽고, 나머지 한자

산또도밍고 식민지구의 골목.

리에도 얼마 안 가 누군가가 와서 앉아 책을 보거나 일을 한다. 한참 있다보면 볕이 깊숙이 파고든다. 탁자를 들어 안쪽으로 옮긴다. 노트북에서 고개를 들어 뜰을 바라본다. 한국에서 이메일로 받은 소식은 다른 세상의 일인 것만 같다. 멀리 와 있구나…… 공연히 아득해진다.

　말이 통하지 않는 곳에서 낯선 사람들 사이에 홀로 있을 때, 나는 한결 자유롭고 편했다. 야간버스를 타고 밤길을 달릴 때면, 내가 이대로 세상에서 없어져도 아무도 알지 못하리라는 적막한 마음이 들었다. 파초잎 위의 물방울처럼 팽팽한 표면장력, 존재가 긴장하는 그 순간이 좋았다. 그래서 먼 곳으로 떠나는 걸 즐기는 걸까. 발치를 적시는 바닷물처럼 밀려드는 감상을 한 물음이 밀

표정 지운 인형들

어낸다. 멀리라니, 어디로부터?

　하루 일과를 마치고 다시 루트 택시를 타러 나오는 길, 기념품 가게에 들러서 지도를 산다. 낯선 나라, 낯선 도시에 가면 가장 먼저 하는 일이 지도를 장만하는 일이다. 이번에는 리조트에 다녀오느라 조금 늦어졌다. 지도를 손에 넣자 비로소 이 도시가 성큼 다가서는 듯하다. 한결 마음이 놓여서 길목의 기념품 가게에 들러 이것저것 구경하기도 한다. 열대의 기념품들은 동남아든 카리브 해이든 비슷한 데가 있는 것 같다. 가보진 않았지만 아프리카도 비슷할 것 같다. 그런데 진열대에 나란히 놓인 인형들이 조금 독특하다. 흙이나 좀더 정제된 세라믹으로 구운 인형들이다. 옷이며 모자의 장식 세부에까지 제법 신경을 썼는데 얼굴이 밋밋하다. 눈도 코도 입도 없어서 조금 기괴하게 보인다. 레이스가 화려

한 드레스를 입고 장식이 가득한 머리를 한 얼굴 없는 인형들. 꿈에 단체로 나타나면 바로 악몽일 것 같다. 그러나 나중에 알게 된 그 이유는 악몽과 아주 거리가 멀다. 워낙 여러 인종이 섞여 사는 나라라서, 인종에 대한 편견을 없애기 위해 얼굴을 그려넣지 않는다고. 그 말에 반해서 인형을 고른다. 내 안에 자리한 크고 작은 편견들을 깨는 부적이라도 되는 듯이.

흔들리는 사회주의,
꾸바의 두 얼굴

기분 탓일까. 모히또는 도미니까에서 마신 것보다 더 상큼하다. 기회 있을 때마다 모히또를 선택하는 건, 헤밍웨이가 즐기던 술이어서만은 아니다. 카리브 해에서 지푸라기 같은 걸로 만든 지붕 아래 누워 모히또 마시는 것이 꿈이라는 조카에게 "네 몫까지 마셔줄게"라고 말했었다. 그런 약속은 잘도 지킨다. 땡볕 아래를 헤매다 지친 뒤끝의 모히또. 한모금 삼키는 순간 저절로 미소 짓게 만드는 맛이다.

"한국에도 모히또가 있니?"

내 표정을 살피던 그녀가 묻는다.

"응, 있어."

"그래? 얼마나 하니?"

지역에 따라 천차만별이겠지만, 어림잡아 한잔에 만원? 그러나 꾸바의 물가를 생각하면 술 한잔이 10달러라고 말할 수는 없다. 내 마음대로 깎는다.

"잘 모르는데…… 아마 육 달러 정도?"

"그래? 여기도 값이 같아."

"그게 무슨 말이야? 한국은 수입하니 비싸지만 여긴 아니잖아."

"아니, 여기도 같아."

여자는 단호하게 말하고, 화기애애하게 서로 이름을 적던 내 수첩을 잡아당겨 쓴다. 6×3=18. 그것도 CUC로. 꾸바의 화폐는 두종류다. CUC와 CUP. CUC는 미국 달러와 거의 동등한 가치를 지닌다. 1CUC는 약 24CUP이니 그 차이가 크다. 관광객은 주로 CUC를 쓰게 되는데, 경제적으로 어려운 나라를 여행할 땐 그 나라 서민 수준에서 지내는 게 편한 내 지갑엔 CUC와 CUP가 칸을 달리한 채 들어 있다. 여자를 만나기 전에 길거리에서 사 마신 커피도 CUP로 지불했다. 여기는 관광객이 몰려드는 데가 아니라 꾸바인들이 사는 주택가 한복판이다. 뒤늦게 깨닫는다. 친절한 이 여인, 알고 보니 삐끼!

비에하 광장에 가느라 시내버스를 탔는데 잘못 내렸다. 버스 안에서 중고등학생으로 보이는 아이들에게 물었는데 소통에 문제가 있었던 모양이다. 대체 영어를 쓰지 않는 나라에, 그 나라 말이라고는 겨우 인사말을 하는 정도면서 덥석 와버린 내가 한심했다. 영어로 길을 물으면 고개를 젓거나 피하는 사람들을 보자니, 내가 그저 한심한 게 아니라 무례를 범하고 있다는 생각마저 들었다. 그렇게 막막하던 참에, 길을 지나던 여자가 영어로 물었다.

"중국인? 일본인?"

이렇게 반가울 수가!

"한국인. 남한에서 왔어."

"어디 가려고 하는데?"

"비에하 광장에 가려고. 그런데 어떤 버스를 타야 하는지 아니?"

"거길 왜 차를 타고 가? 여기서 몇 블록 가서 꺾어 내려가면 되는데. 이십분밖에 안 걸려. 이리 와."

씨억씨억해 보이는 여자는 차가 다니는 골목을 향해 몸을 돌렸다. 조금 전, 지친 몸을 달래려고 에스쁘레소를 사 마신 바로 그 골목이었다. 든든한 동행도 있겠다, 여자의 친절을 마다할 이유가 없었다. 작가파견 프로그램으로 꾸바에 온 시인 배영옥 씨와 우연히 만나 같은 호텔에 묵게 되었다. 낯선 곳에 도착하면 며칠 동안 방에 틀어박혀 적응한 뒤에 움직인다는 시인은 짧은 일정으로 꾸바를 찾은 나 때문에 거의 적응훈련 수준으로 동행하고 있었다. 문 닫힌 체 게바라 박물관 앞에서 여자와 나란히 서서 사진

아바나의 거리 풍경.

을 찍고, 여자가 그 건너편을 가리키며 "여기가 부에나 비스타 소
셜 클럽이 연주하던 곳인데 가보지 않을래?" 했을 때 선뜻 그러
겠다고 한 것은 구경도 구경이지만 여자에게 음료수라도 한잔 대
접하고 싶어서였다.

　여자의 친절에 속없이 감동했던 나처럼, 여자도 나에 대해 모
르는 게 있었다. 이 어수룩한 동양 여자가 '사기'에 아주 민감하
게 반응한다는 것을. 사기는 세상에 대한 신뢰를 줄이고, 타인에
게 호의를 베푸는 일에도 머뭇거리게 하고, 결국 세상에 있는 사
랑의 총량을 줄인다고 생각한다는 것을. 게다가, 현지 물정 모르
는 관광객은 사회적 약자가 아닌가. 내 마음엔 송곳 박힐 자리조
차 없다. 적지 않은 액수의 현지 화폐를 꺼냈지만 받지 않는다. 실
랑이 끝에 시인이 전화기를 빌려 통화를 하려 하자 우리더러 그
냥 가라고 했다. 공짜로 마신 격이 되어버린 그날의 모히또는 카
리브 해에서 마신 술 가운데 최고였다. 그런데 그 삐끼 여인은 수

카리브 해 · 이혜경
182

수료로 얼마를 받는 걸까. 통쾌한 마음 한끝이 못에 걸린 옷자락처럼 당긴다.

"하우 아 유? 아임 파인, 땡큐."

낯익은 문장이다. 대문간의 층계참에 앉아 있던 남자가 지나가는 우리를 보며 혼잣말하듯 영어 문장을 읊조린다. 라이 쿠더와 비슷하게 생긴 남자. 그냥 미소 짓고 지나치려는데, 그 집의 문간에 붙은 파란 집 모양의 민박 표지판이 눈에 띈다.

여행할 때 호텔보다는 현지인 민박을 선호하는 편이다. 호텔은 패스트푸드 체인점처럼 비슷비슷한 데가 있었다. 일단 체크인하고 나면 여기가 동남아인지 유럽인지 잊기 쉬웠다. 그와 달리 민박집에서는 그 나라 사람들이 사는 모습을 곁눈으로나마 볼 수 있었다. 온라인에서 민박을 정하기 어려울 땐 호텔에서 하룻밤 정도 묵으면서 민박집을 찾아나서곤 했다. 꾸바인에게 영어가 한 자나 다름없다는 걸 알고 나자 민박을 구하러 나설 용기가 사라졌다. 차일피일 미루다, 꾸바에 사는 한국인이 도와준다기에 나선 길이었다. 그런데 이 남자, 보면 볼수록 라이 쿠더를 닮았다.

다큐멘터리 영화 『부에나 비스타 소셜 클럽』에서 무대를 잃고 긴 세월을 보내다 말년에 다시 꽃피운 연주자들의 삶 못지않게 인상 깊었던 건 라이 쿠더의 따뜻함이었다. 세월에 파묻힌 그들의 이름을 불러주고, 무대에 오르게 하고, 함께 연주하는 라이 쿠더. 그들을 격려하던 라이 쿠더의 온화한 기운과 따뜻한 눈빛 때문에 영화를 볼 때마다 속으로 말하게 되었다. '고마워요, 라이 쿠더.' 라이 쿠더를 닮은 그 남자는 집주인의 동생이었고, 주인 아줌마의 인상도 좋았다. 방 두개가 비어 있대서 시인과 함께 숙박하기로 한다.

아열대의 아침 풍경은 어디나 비슷한 듯하다. 길을 쓰는 비질조차 느른하다. 성성한 초록 잎과 대비해서 더 그렇게 느껴지는지도 모른다. 오랜 경제봉쇄로 인한 물자부족 때문에 페인트칠이 벗겨지고 콘크리트가 떨어져나간 집들. 좁든 넓든 정성스럽게 가꾼 뜰이 그 누추함에 기품을 부여한다. 산책 겸, 아침식사거리 장만 겸 나선 길이다. 주택 한 귀퉁이에 자리 잡은 까페로 들어간다. 까페라고 하지만, 녹슨 철제 의자 두세개가 있고 카운터에 보온병과 에스쁘레소 잔 몇개가 있을 뿐이다. 설탕을 듬뿍 넣은 진한 에스쁘레소가 1뻬소, 한국 돈으로 오십원 남짓. 중독성이 강한 맛이라 하루에 두세잔은 꼭 마시게 된다.

카페인과 당분으로 힘을 얻은 발걸음이 가볍다. 길 건너편에 높은 담장이 보인다. 씨티투어버스를 타고 가다가 본 공동묘지다. 세계에서 세번째로 큰 규모라고 한 것 같다. 낯선 도시를 여행할 때 빠뜨리지 않는 곳은 시장이고, 형편이 되면 꼭 들르고 싶은 곳이 공동묘지다. 그런데 이렇게 가까운 곳에 있다니. 뜻밖의 선

물을 받은 기분이다. 입구를 들어서니 끝이 안 보인다. 청소부들이 부지런히 청소를 하고 있다. 대리석으로 덮은 널찍한 판에 주물 고리가 달린 대리석 덮개 네댓이 옹기종기 모인 가족묘지 형태의 무덤이다. 그 판의 머리 부분에는 대개 천사상이나 마리아상 같은 조각을 세워놓았다. 1888년에 세상을 뜬 후안 프란시스꼬와 1897년에 죽은 안나 가르시아와 1926년에 하늘나라에 간 훌리오 곤잘레스가 한 덮개 아래 누워 있다. 어림잡아 묘지 한기에 가족 열댓명이 함께 누워 있는 것이다. 중간중간 아무 이름도 쓰이지 않은 조금 작은 덮개는 뭘까 고민하다가 태실(胎室)이거나 영아의 묘이려니 하고 그냥 넘어간다. 묘지 안쪽에서 드문드문 사람들이 걸어나온다. 일터로 나가기 전에 묘지에 가서 인사를 나눈 것 같다. 묵직한 고요가 무게중심을 잡은 것처럼 보이는 걸음이다. 죽은 자의 안식처가 산 자들에게 위로를 준다. 나도 덩달아 느릿느릿 그 자리를 뜬다.

아바나 시대 공동묘지의 한 가족묘지

카리브 해 · 이혜경

길가에 서너명이 허술하게 줄을 서 있다. 빵집이다. 흰 위생복을 입은 사람들이 화덕에서 빵을 꺼내고 있다. 커다란 바게뜨와 모닝빵 같은 것들. 사람들은 빵을 받아 갖고 온 신문지로 둘둘 말거나 들고 있던 비닐봉지에 담는다. 담아줄 봉지가 없을 거라고 짐작한다. 호텔에 묵을 때, 창문 너머 보이는 주택의 빨랫줄에 빨아 넌 듯한 흰 비닐봉지 몇개가 팔락였으니. 내겐 늘 갖고 다니는 장바구니가 있다. 바게뜨 하나에 10뻬소. '10뻬소 빵집'으로 불리는 국영빵집임을 뒤늦게 깨닫는다. 밀가루와 소금과 이스트만으로 만든 빵은 담박하다. 어쩐지 경건해지는 맛이라서, 여느 때보다 천천히 씹게 된다.

꾸바의 물자부족은 생각했던 것보다 심했다. 현지인 기준으로는 제법 고급일 레스토랑의 화장실 입구엔 두칸씩 끊어 차곡차곡 접은 화장지를 놓은 접시가 있었다. 환전소에서 내 볼펜을 본 중년 남자는 그걸 자기에게 달라고 했다. 하나 남은 볼펜인데, 공항이나 기내에서 필요할 터였다. 곤란해하는 내 표정을 본 남자는 호주머니에서 돈을 꺼냈다. 민주주의라는 허울을 쓴 자본주의를 거부하고 사회주의를 고집하는 데 대해 경제봉쇄라는 치사한 무기를 든 강대국 미국과 미국의 눈치를 보느라 합세한 다른 나라 때문에 고립된 채 꿋꿋이 버텨온 꾸바. 그나마 중국의 가전제품이 들어와 있지만, CUC로만 판매된다. 외국에서 송금해주는 친척이 있거나, 외국인 상대의 민박을 할 만큼 괜찮은 집을 가진 사람들이나 이용할 수 있는 곳이다. 외국인을 상대로 민박을 하는 사람일수록, 외국에 나가서 외화를 보내주는 친척이 있기 쉽다. 배식하는 병사가 자기 그릇에만 고깃점을 더 넣는 것조차 용납하지 않았던 체 게바라의 나라 꾸바의 사회주의. 빈부의 격차가 점점 벌어진다. 그러니 관광객을 등치려는 삐끼도 생겨날 수밖에. 평등과 인류애라는 사회주의의 가치가 자본의 물살에 휩쓸리며 앓는 이처럼 흔들리고 있는 것이다.

큰길가 담장에 작은 출입구가 나 있다. 그 안쪽, 작은 간판 언저리에 자잘한 화분들이 정겹다. 화분 뒤쪽엔 온갖 식물이 자라고 있다. 약용작물을 키우는 곳이다. 말로만 듣던 도시농업이다. 경제봉쇄 이후, 꾸바의 결핍이 만들어낸 창의적인 자급자족 씨스템.
자급자족하는 삶은 내 오랜 꿈이었다. 완전한 자급자족이 어려운 걸 알기에 '자급자족에 가까운 형태'로 변경했을 뿐, 그 꿈을 아직 완전히 포기하지는 못했다. '내가 지금 이럴 땐가' 하는 자책의 도가니에 빠지기 일쑤이면서도 철 맞춰 저장음식을 만들고, 천을 떠서 바느질을 하고, 도배 전문가를 부르는 대신 혼자 페인트칠을 하는 건 그 때문이다. 텃밭은 자급자족하는 삶의 가장 기초가 된다. 차마 그 자리를 떠나지 못하고 서성거리자 중로의 사내가 들어오라고 손짓한다. 오십여 평? 그리 넓지 않은 땅에 알로에며 오레가노, 페퍼민트, 딜 같은 허브에 무화과나무 등 나무들

아바나 시내의 도시농업 현장 ⓒ농민운동

이 빼곡하다. 좁은 땅을 더 활용하기 위해 페트병을 잘라 만든 작은 화분들에도 이것저것 심어놓았다.

"어디에서 왔어?"

"남한에서요. 그런데 저희 스페인어 못해요."

괜찮아, 하는 듯이 마누엘 마놀로 아저씨는 밭고랑 사이로 우리를 이끌고 다니며 스페인어로 열심히 설명한다. 단어와 제스처 덕분에 짐작이 가능하다. 귓병에 좋은, 배 아플 때 효과적인, 가려움증을 가라앉히는, 잠을 불러오는 약초 등등. 젊은 여자 하나가 약초원으로 들어선다. 그녀가 알로에 잎을 몇 장 사 간 뒤에도 아저씨의 설명이 이어진다. 사람 키 높이로 자란 목화나무도 있다. 알은체할 절호의 기회다. 솜을 피운 목화송이 앞에서 아저씨의 면 티셔츠 소맷부리를 만지작거리자, 아저씨가 미소 지으

며 고개를 끄덕이더니 목화를 몇송이 따주신다. 상을 받은 것 같
아 마음이 환해진다. 우리가 호텔이 아니라 민박집에 묵고 있다
는 걸 안 아저씨, 끓여 마시라고 페퍼민트와 다른 허브를 골고루
꺾어 나눠준다. 알로에가 돈과 교환되는 걸 본 나는 고민에 빠진
다. 여행용 스페인어책을 뒤적여 돈이라는 단어를 찾아낸다. "저
기, 돈……" 아저씨의 마음을 상하게 할까봐 소심하게 말끝을 흐
린다. 하긴 온전한 문장을 구사할 능력도 안된다. 마누엘 아저씨
는 고개를 젓고 볼을 가리킨다. 감사의 표시로 하는 볼 뽀뽀도 한
쪽 볼로 만족하신다. 약초원을 나와 걷다가 뒤돌아보니 아저씨는
길가에서 눈으로 이쪽을 바래고 계신다.

카리브 해의 나비들

　　　　　　"그동안 한번도 그런 적 없는데, 언니 가신
뒤로 갑자기 무서웠어요. 밖에서 나는 소리도 집 문 열려는 소리
같고……"

　H가 말한다. 혼자 잘 견디던 나날을 공연히 흔든 격이다. 외국
에서 살면 문화의 차이 때문에라도 더 조심하지 않을 수 없다. 외
국인이 부유하다고 인식되는 가난한 나라에서는 경계심이 더 몸
에 밴다. 빈부격차가 심한 나라일수록 그러하다. 게다가 도미니
까의 치안은 불안정하다. 총기 소지가 자유로운데다 이웃한 아이

띠에서 지진이 난 이후 월경한 사람이 많아져 범죄가 더 늘어났다고 했다. 아파트 각 동의 출입구는 철문이었고, 드나들 때마다 열쇠로 열어야 한다. 집의 현관도 철문과 나무문으로 이중이었다. 슈퍼마켓에는 생각 외로 물건이 다양했지만 물건값은 육류를 제외하고는 현지인의 소득 수준에 비해 지나치다 싶게 비쌌다. 빈부격차가 어느정도인지 실감할 수 있었다. 그러니, 현실의 이런저런 불편함이 과거를 미화하고 독재가 신화로 둔갑할 수도 있었다. "그는 독재자였고, 그래서 그에 대한 말도 많을 거예요. 하지만 그때가 더 살기 좋았던 것 같아요. 모든 사람이 일자리를 갖고 있었고, 범죄도 그다지 많지 않았어요." 도미니까의 현대사를 바탕으로 한 바르가스 요사의 소설 『염소의 축제』에서 소설 속 간호사가 말했던 것처럼.

슈퍼마켓 진열대에 층층이 쌓인 물건들을 보자 문득 가슴 한끝이 울먹거린다. 이웃한 나라 꾸바에선 구경도 할 수 없는 물건이 너무 많다. 새삼스러울 것도 없는데, 아주 잘사는 친척 집에 온 가난한 아이 같은 마음이 되어버린다. 미국과 긴밀한 관계를 맺고 미국 문화를 적극적으로 수용하는 도미니까를 보는 내 눈길이 어쩐지 꼿꼿해진 것 같다. 늘 지나다니던 거리에서 몇몇 간판이 확대된다. 버거킹, 맥도널드, 피자헛, 도미노피자…… 없는 게 없다. 국민소득이 2400달러인데, 큰 쇼핑몰의 주방용품 판매점엔 미국과 유럽의 유명 주방기기들을 쉽게 만날 수 있다. 싼또도밍고 시

내에선 고층 건물 신축이 한창이다. 상업용 건물도 있지만 대개
는 고층 아파트다. 고개가 갸웃거려진다. 이촌향도? 그럴 만한 산
업이 뭐가 있기에? H가 내 궁금증을 풀어준다. "그거요, 정치가
들이 돈세탁하려고 그런다고 해요. 그래서 건물만 짓지, 실제로
는 빈집도 많고요."

건물 밖으로 나오자마자 땀구멍이 따끔거리는 느낌이다. 해변
근처의 르네상스 하라과 호텔.『염소의 축제』에서 독재자 때문에
도미니까를 떠났던 여주인공이 삼십구년 만에 돌아와 묵은 곳이
다. 떠나기 전에 한번 와보고 싶어서 커피를 마시고 나온 참이다.
　소설을 쓸 때 구체적인 지명을 드러내는 걸 나는 기피해왔다.
사실이 상상력을 제한할 수 있고 때로는 부분적 사실이 전체적
진실을 오도할 수도 있다는 우려에서였다. 그런데 도미니까에서
『염소의 축제』를 읽자 우려가 머물던 자리를 다른 마음이 대신한
다. 무심히 지나치던 길을 걸으며 독재자의 시대를 상상하고, 그
와 같은 경험을 한 우리를 떠올리고, 인간의 본성과 권력의 속성
에 대해 다시 환기하게 하는 문학의 힘.
　걷기에는 너무 뜨거워서 관광객을 기다리는 마차를 탄다. 다
른 데로 시선을 돌리지 않도록 눈 옆을 가린 말이 또각또각 걷는
다. 저만큼 앞, 독재자가 자신을 기리기 위해 세웠다는 오벨리스
크가 홀로 우뚝하다. 위싱턴DC에 세워진 위싱턴 기념탑을 본떠

만든 것이다. 삼십년의 통치기간에 삼만여명을 살해한 독재자 뜨루히요는 이 길을 산책하면서 무슨 생각을 한 걸까. 자신이 쥔 권력을 이타적으로 사용하는 권력자도 드물게 있지만, 권력을 쥐는 자들은 대부분 자신을 숭배하는 사람들이다. 자기정당화가 본능적으로 이루어지고 자기반성을 하지 않는 사람들. 어쩌면 권력의 속성이 사람을 변하게 만들기도 할 테고. 독재자의 온갖 요소를 갖추었던 뜨루히요를 무너뜨리는 데 기폭제가 되었던 건 '나비들'의 죽음이다. 뜨루히요의 독재에 항거하던 미라발가의 세 자매——빠뜨리아, 미네르바, 마리아 떼레사——는 1960년, 같은 이유로 수감된 남편들을 면회하고 돌아오다 사탕수수밭에서 살해당했다. 그들의 죽음은 독재자의 생각보다 파장이 컸고, 그 육개월 뒤 독재자의 암살로 이어졌다. 그들이 죽임을 당한 11월 25일은 '세계 여성 폭력 추방의 날'로 제정되었다.

길가에 세운 커다란 입간판이 자주 눈에 띈다. 두 남자의 사진과 구호로 짐작되는 간결한 문구가 적힌 입간판이다. 검정 안경을 쓴 잘생긴 남자는 입간판마다 있고, 그 남자의 옆에 선 남자만 자주 바뀐다. 여론조사 결과 53퍼센트, 당선이 유력하다는 여당 대통령 후보와 그 지역을 대표하는 정치가들이다. 독재가 계속되었더라면, 아마도 독재자는 그의 아들 가운데 한명을 내세워 자신의 권력이 대대손손 이어지게 했을지도 모른다. 중부 쌀세도, 미라발 자매가 죽기 전 열달 동안 모여 살았던 집에 만든 박물관 방문은 H가 미리 짜놓은 프로그램의 하나다.

미네르바가 감옥에서 딸의 사진을 보며 만들었다는 소녀의 석고상이 먼저 눈에 들어온다. 그들이 그린 유화며 읽던 책, 맏이가 모은 커피잔과 막내가 수놓은 수예품, 죽던 날 손에 들었던 핸드백과 시신을 쌌던 천 등이 오십년의 세월을 뛰어넘게 한다. 죽음의 위협이 도사리고 있는 걸 알면서도 그들을 위해 운전하다가 같이 죽은 운전수의 유품도 진열되어 마음을 훈훈하게 한다. 막내가 쓰던 방에는 입관 전에 둘째언니가 잘라낸 머리카락이 놓여 있다. 한갈래로 땋은 숱 많은 검은 머리. 둘째는 다른 자매와 달리 정치에 관심 없는 평범한 주부였다. 막내를 추억하기 위해 시신에서 머리 타래를 잘라냈을 둘째, 신념을 좇다가 일찍 세상을 떠난 세 자매보다 어쩐지 자매들과 생각이 달랐고 그래서 혼자 살아남은 그녀가 더 애틋하다. 아흔살이 넘은 그녀는 박물관에서 3킬로미터쯤 떨어진 자매의 생가를 지키고 있다. 박물관에 오기 전 생가에 먼저 들렀을 때 그녀는 외출 중이었고 생가의 관리인

미라발 자매 생가 농장의 카카오 건조장.

은 우리에게 그 집의 농장에서 거둔 카카오 열매를 선물했다.

박물관 앞의 뜰에는 2000년에 이장했다는 세 자매와 미네르바의 남편인 마놀로의 묘가 십자 형태로 배치되어 있다. 세 자매 중 가장 먼저 운동에 뛰어든 미네르바의 암호명이 '나비'였으므로, 자매들은 '나비들'로 일컬어졌다. 박물관 기념품점에는 야자 껍질로 만든 색색의 나비들을 판매한다. 무엇이 당신들을 그토록 강인하게 만들었나요? 말없이 묻는 동안에도 서러움 같은 진분홍 꽃잎은 묘지 위로 나풀나풀 떨어져내린다. 난초 꽃잎처럼 생겼는데 사람 키보다 훨씬 큰 나무에서 떨어진다. 안내인이 그 꽃의 이름을 말해준다. '가난한 이의 난초'다.

"헤이, 너 왜 온다더니 안 왔어? 기다렸는데."

도미니까를 떠나기 전날이다. 길가에 서 있던 청년을 내가 먼저 알아보았지만, 모른 척 지나치려 했다. 내가 커다란 선글라스를 끼고 있어서 못 알아보려니 했는데 용케 알아본다. 몇번 들렀던 환전소 청년이다. 잊지 않았구나. 착하고 정직해 보이는 인상 그대로인 듯해서 마음이 잠시 환해진다.

꾸바에 가기 전, 미국 달러보다는 캐나다 달러나 유로로 환전해가는 게 유리하다고 해서 캐나다 달러로 환전했다. 꾸바 환전소에서 환전을 거부당하고 나서야 그중 한장이 절반으로 찢어진 지폐를 쎌로판테이프로 붙인 것임을 알았다. 돌아와서 도미니까 돈으로 바꾸러갔는데 창구엔 다른 사람이 있었다. 환전소 주인으로 보이는 그는 스페인어로 뭐라고 대답했다. 잘은 모르지만, 바꿔줄 수 없다는 뜻인 것 같았다.

"왜? 너희 집에서 받은 돈인데?"

그러자 안쪽에 있던 청년이 창구 쪽으로 다가왔다.

"지금은 안되고, 다음에 들러. 그때 바꿔줄게."

액수가 큰 것도 아니었고, 아무래도 청년이 환전소 돈이 아닌 제 돈을 내줄 것 같아서 그냥 두었다. 꼭 가고 싶은 곳 중의 하나가 캐나다 로키 산맥이 있는 도시 밴프였다. 언제 갈지 모르지만, 그때 쓰려니.

"응. 생각해보니까 그 돈, 다른 데서 쓸 수 있을 것 같아."

"그래? 그래도 되겠니?"

"그럼. 어쨌든 고마워."

내일이면 카리브 해를 떠난다는 감상, 같은 카리브 문화권이면서 미국으로 대표되는 자본주의를 적극적으로 받아들인 도미니까와 그에 맞서 다른 가치를 지키려는 꾸바의 대조적인 모습, 이룬 것 없이 흘려보낸 한달의 무게 때문에 묵직했던 마음에 청년의 정직함이 잠깐 노란 나비처럼 환하게 날아오른다. 청년의 앞을 지나치며 속으로 말한다. 고마워. 도미니까를 떠올릴 때면 네 정직함이 가장 먼저 생각날 거야. 안녕.

루앙프라방행 슬로우 보트

신해욱

헝겊시계

.K선배가 작은 선물을 건넸다. 루앙프라방에서 사온 헝겊시계라고 했다. 어디요? '루앙프라방'이라는 발음을 제대로 알아듣지 못해 나는 두세번을 거푸 물었다. 시계는 가볍고 알이 컸다. 하루에 두번, 5시 59분 48초에 정확하게 시간이 맞았다. 지난여름 나는 반소매 아래로 드러난 손목에 헝겊시계를 차고 광주와 서울을 오가곤 했다. 시간이 멈춘 버스 안에 멍하니 앉아 있는 것이 좋았다.

여름이 가고 가을이 왔다. 긴 옷이 손목을 덮었고, 헝겊시계는 어느 결엔가 잡동사니들 틈에 섞여 서랍 속에 잠자코 머물게 되었다. 가을이 가고 겨울이 왔다. 나는 여전히 광주와 서울을 오가는 고속버스에 자주 몸을 실었다. 날은 추웠고 버스 안은 따뜻했

다. 이대로 한없이 긴 버스에 앉아 한없이 긴 길을 가고 싶었다. 그러기엔 광주와 서울은 너무 가깝지. 까무룩 잠 속에서 그런 생각을 했다.

　그즈음 K선배가 루앙프라방에서 썼다는 시를 읽었다. "우리가 우리를 은닉할 곳이 여기뿐인 게 시시해⋯⋯" 서랍을 더듬어 오랜만에 헝겊시계를 손목에 묶어보았다. 여전히 5시 59분 48초. 인터넷을 검색해 인도차이나 반도의 지도를 모니터에 띄웠다. 여기구나. 반도의 북쪽에 가로로 짧은 선을 그었다. 왼쪽에는 태국의 작은 도시 치앙마이. 오른쪽에는 베트남의 큰 도시 하노이. 그 중간쯤에 라오스의 루앙프라방이 있다. 지도 속의 반뼘. 한없이는 아니더라도 넉넉히는 길게 이어질 길. 나는 왼쪽으로 들어가 오른쪽으로 나오는 항공권을 끊었다.

　겨울이 가고 봄이 왔다. 4월에 접어들어서도 좀처럼 털옷을 벗

기가 힘들었지만, 나는 선배가 선물로 준 시계와 내가 루앙프라
방의 시장에서 사온 시계를 번갈아 손목에 묶고 동네를 산책했
다. 봄이 가고 다시 여름이 왔다. 곧 장마가 지겠지만 아직은 마른
더위다. 그러고 보니 루앙프라방의 한겨울은 한국의 초여름 날씨
다. 나는 여름 같던 그 겨울에 대해 여름의 초입에서 글을 쓰고 있
다. 이건 겨울에 대한 여름의 메모일까 여름에 대한 여름의 메모
일까. 아니면 여름의 마음이 얼룩처럼 묻어 있는 어떤 겨울의 메
모일까.

이미지와 실물 사이

　　　　　　원래는 루앙프라방까지 버스를 타고 갈 생각
이었지만, 치앙마이에 며칠 머물며 마음을 바꿨다. 흙길 대신 뱃
길을 택했다. 일단 치앙콩까지 일곱시간 버스를 타고 가서 태국
과 라오스의 국경을 나룻배로 넘는다. 그다음 슬로우 보트(slow
boat)라 불리는 배로 갈아타고 이틀 동안 메콩 강을 따라내려가
면 루앙프라방에 닿는다. 해가 지면 빡벵이라는 작은 마을에 모
두 내려 잠을 자고, 다음 날 아침 다시 배에 올라 남은 길을 가는
일정이다. 이틀이나 강을 타고 간다지만 그래봤자 메콩 강 전체
길이의 약 5퍼센트 정도다. 티베트 고원에서 발원한 물은 아래로
흘러 흘러 인도차이나 반도의 모든 국경을 한번 이상 가로지른

후 베트남에 면한 바다로 흘러들게 된다.

건기라지만 강은 넓고 깊고 유유했다. 그리고 탁했다. 청명한
날이었는데도 수면에는 구름이 흘러가지도 산이 드리워지지도 않
았다. 능선을 경계로 산의 울창한 초록 쪽은 짙은 흙빛으로, 능선
위의 하늘 쪽은 옅은 흙빛으로 물에 반사될 뿐이었다. 포말을 머
금은 습한 바람 때문에 머리칼은 조금씩 젖어들었고 조금씩 헝클
어졌다. 고물 쪽에 쭈그려 앉아 있던 라오 사람 중 하나가 봇짐을
짊어지고 앞으로 나아가면, 맥주를 마시며 키를 잡고 있던 선장은
배를 돌려 나루로 다가갔다. 느리게, 무겁게, 둔하게, 한사람이 내
리고, 또 느리게, 무겁게, 둔하게, 한사람이 타고, 내리고, 탔다.

내가 왜 이 루트를 택했는지는, 글쎄다, 무라까미 하루끼의 소
설 제목이 떠올랐기 때문일까. 중국행 슬로우 보트. 그러나 슬로
우 보트와는 상관 없던 이야기. 영화 「지옥의 묵시록」도 잠깐 스
쳐갔을 것이다. 울울창창하고 무거운 밀림을 끼고 메콩 강을 거
슬러오르던 남자의 여정. 물론 영화에 나오던 강은 지형이 험하

고 물살이 센 한참 하류 쪽이었으니 나의 뱃길과 직접 겹치지는 않는다.

떠오른 것들이 마침 딱 맞아떨어지는 것이건 비켜가는 것이건 갈 길 하나 정하는 데도 이래저래 끼어드는 것들이 많다. 어쩐지 나는 자꾸 짜인 액자 속으로 들어가려고 하는 것 같다. 이미 닦인 길을 따라 걷고, 이미 보여진 것을 보려 한다. 한 컷 한 컷 머릿속에는 상상의 풍경들이 늘어난다. 나는 메콩 강을 타고 루앙프라방에 가려는 것일까, 메콩 강의 이미지를 타고 루앙프라방의 이미지 속에 닿아보려는 것일까. 그림 속으로 걸어들어가는 기분이다. 어쩌면 마음의 붓을 들어 그림 속의 저 먼 소실점 근처에 가물가물한 점으로 내 자리를 찍어두고 싶은 것일지도.

『열하일기』의 한 토막이 생각난다. "와. 산수(山水)가 그림 같네." 연암 박지원은 청나라를 여행하던 중 일행에게서 이런 말을

나루에 정박 중인 슬로우 보트.
메콩 강의 흙빛 물.

들었다. 그는 호탕하게 웃으며 대꾸했다. 그건 산수도 모르고 그림도 모르는 말일세. 산수가 그림에서 나왔겠는가, 그림이 산수에서 나왔겠는가.

연암의 말이 맞는다. 산수가 그림에서 나온 것이 아니라 그림이 산수에서 나온 것이다. 산과 물이 있고, 그다음에야 산과 물을 그린 그림이 있을 수 있다. 하지만 말은 제멋대로 굳어지기도 한다. 우리는 어쩌다가 산수가 그림 같다느니 그림같이 아름다운 풍경이라느니 하는 말을 쓰게 된 것일까. 마치 그림이 실물보다 먼저 있었다는 듯이 말이다.

나는 연암의 일갈을 듣고 풀이 죽은 일행 중의 한 사람인 것 같다. 실감의 세계 루앙프라방으로 바로 들어가 루앙프라방의 이미지를 마음속에 담는 대신, 루앙프라방의 이미지에 홀려 그 이미지의 베일 뒤에 숨어 있을 실감의 세계를 향해 일종의 기갈을 느낀다. 아는 만큼 느낀다고 말한 게 누구였더라. 그러나 앎이 개입해야 겨우 느낄 수 있다는 것, 간섭되지 않으면 느낄 수도 욕망할 수도 없다는 것, 그림을 얻어야만 그림 너머를 겨우 흘깃거리게 된다는 것. 그게 그리 달가울 수는 없다.

그뿐일까. 실은 앎과 느낌 사이, 이미지와 실물 사이에는 시쳇말로 '넘사벽'이 있다고 해야 할지 모른다. 비유적인 넘사벽이 아니라 진짜 넘사벽. 나는 이미지 속으로 걸어들어갈 수 없을 것이다. 마법지팡이가 아니면 벽에 문을 그려도 문은 열리지 않는다.

도술이 없으면 전우치처럼 나귀를 타고 뚜벅뚜벅 제 손으로 그린 그림 속으로 들어갈 수 없다. 마찬가지로 싸이보그가 되지 않는 다면, 처음 실물을 접한 이의 맨눈을 내 안구에 장착할 수는 없는 것이다.

지금으로부터 구십년 전 여름의 어느날, 소설가 현진건은 이광수가 묘사해놓은 해운대의 이미지를 좇아 해운대를 찾은 적이 있다. 고적한 남녘 바닷가에서 청풍에 옷깃을 휘날리며 눈물짓고 시를 읊는 로맨틱한 제 모습을 상상했건만, 막상 도착한 해운대는 그렇고 그런 바다였고 청년 현진건에게는 휘날릴 옷깃도 읊조릴 시도 없었다. 겨우 이런 거였나. 시는 개뿔, 자기에게 남은 건 그저 너절한 산문뿐이더라고 그는 실망에 겨워 고백했다.

그러나 내가 신뢰해야 하는 건 어쩌면 그 실망의 예감인지도 모른다. 충족될 수 없는 기대. 만끽될 수 없는 이미지. 결핍감을 불러일으키는 간극. 아는 만큼 느끼는 것이 아니라, 오히려 아는 만큼 느낄 수 없음을 느끼게 만드는 빈틈. 그 틈으로, 날것의 무언가가 나를 치고 가기를. 거기에 나의 뱃길이, 나의 루앙프라방이, 나의 겨울이 있기를.

빡뻥에 닿은 것은 저녁 6시 무렵이었다. 비좁은 자리에 일곱시 간가량을 앉아 있었던데다 배에서 내려 무거운 짐을 이고 끌고 가파른 기슭을 한참 오르고 보니 몸은 녹초가 되어 있었다. 만사

이 빠진 컵과
비어라오.
라오에서는 이 맥주를 마신다.

가 귀찮아져 되는대로 숙소를 잡고 근처 식당에 들어가 맥주와 밥을 주문했다. 병맥주와 함께 나온 유리컵은 이 빠진 자리를 타고 금이 가 있었다. 컵을 바꿔줄 수 있느냐고 묻자, 어린 딸을 데리고 놀던 주인은 내가 내민 컵을 받아들고 보디랭귀지를 섞어 호쾌하게 대답했다. 이가 빠지지 않은 다른 쪽으로 마셔봐요. 괜찮아요. 꿀꺽꿀꺽.

마시는 흉내를 끝낸 그가 엄지손가락까지 치켜드는 통에 나는 괜한 유난을 떤 것 같아 오히려 머쓱해지고 말았다. 좋은 거라면 좋은 거겠지. 맥주를 가득 따르고 동행과 잔을 부딪쳤다. 라오의 첫 밤을 위해 건배.

바다를 건너 여행을 떠나고 싶은 이유 중의 하나는 말 때문이다. 떠나는 게 머뭇거려지는 이유도 말 때문이다. 숨 쉬듯 편하게 말할 수 있는 곳은 어디라도 그리 낯설지 않다. 말이 잘 통하지 않는 곳이라야 서걱서걱 어색한 공기가 코로 들어온다. 그 공기가 나를 끌어당기기도 하고 주춤거리게도 한다.

빡벵의 밤길을 잠시 중국 여자와 함께 걸었다. 슬로우 보트 안에서 내내 조용하던 그녀는 쉬운 영어로 조리 있게 이야기를 할 줄 알았다. 그녀는 아프리카 대륙에서 동쪽으로 이동하며 팔개월째 혼자 여행 중이었다. 아무렇게나 길어버린 머리, 낡은 옷에 때묻은 작은 배낭, 비닐봉지에 주렁주렁 담은 세면도구. 장기여행자라기보다는 넝마주이에 가까운 모습이었다. 이런 몰골이면 말이죠, 다들 잘해주고 좀 깎아주기도 해요. 그녀는 빙그레 웃었다. 그래도 내일은 한해의 마지막 날이니까 나에게 새해 선물을 하려고요. 멋진 호텔을 하루 예약해두었어요.

여자의 말을 듣고는 슬며시 다음 날 밤에 대한 걱정이 들었다. 사람 사는 곳에 잠잘 데 없으랴 싶어 머물 곳을 찾아두지 않았는데, 생각만큼 녹록지 않을지도 몰랐다. 도착하면 루앙프라방은 어둑해져 있을 것이고 게다가 지금은 각국의 여행자들이 이 작은 도시로 몰려드는 계절이다. 무선 인터넷이 된다면 이제라도 좀 알아봐야 하지 않을까 싶었다. 게스트하우스로 돌아오니 리셉션

데스크에는 체크인 수속을 해주던 주인 대신 무뚝뚝한 표정의 젊은 여자가 앉아 있었다. 헬로우, 하며 다가갔다. 두 유 해브 어 하이파이 패스워드? 뜻인즉슨 이러했다. 와이파이 되면 비밀번호 좀 알려주실래요?

말을 뱉자마자 나는 얼굴이 뜨거워졌다. 뭐라는 거야, 젠장. 손바닥을 펴고 하이파이브를 하자는 거야, 하이파이 시스템에 대해 문의라도 하겠다는 거야. 하지만 여자는 망설이지 않고 퉁명스레 대답한다. 위 해브 노 와이파이.

그러니까 내가 뱉은 말도 안되는 말의 뜻을, 여자는 정확하게 이해한 것이다. 나는 순간 안도한다. 곧이어 주위를 둘러본다. 슬로우 보트에서 내 바로 앞자리에 앉아 있던 캐나다 남자 두명이 하필 이 숙소로 들어오는 걸 보았기 때문이다. 다들 지친 표정이 역력해지던 저녁 무렵까지 긴 시간 내내 질리지도 않고 아무에게나 말을 걸며 떠들어대던 애들. 재수없어. 나는 속으로 뇌까리며 뒤통수를 째려보았었다. 그치들이 내 말을 들었으면 어쩐담? 다행히 나는 그들이 가까이에 없다는 걸 확인한다. 그제야 데스크의 여자를 향해 돌아서서 비시시 웃는다. 오케이, 땡큐. 아마 여자는 속으로 의아해했을지도 모르겠다. 원하는 게 안된다는 데 뭐가 저렇게 좋은 거야.

　영어에는 예나 지금이나 젬병이니 말을 뱉고 아차 했던 게 이번이 처음은 아니다. 말주변이 없어서 내 입에서 유머랍시고 나오는 이야기는 대체로 썰렁한 농담이 되고 마는 편이지만, 콩글리시 때문에 겪은 낯 뜨거운 해프닝으로는 둘러앉은 사람들을 여러번 웃겨본 적도 있다. 그런데 생각해보면, 내 엉터리 영어가 나를 곤혹스럽게 했던 건 언제나 네이티브 스피커 앞에서였지 싶다. 배에서 앞자리에 앉아 있던 캐나다 남자들이 유독 신경에 거슬렸던 것도 사실 그들이 꼭 시끄러웠기 때문만은 아니었다. 이번에도 만약 데스크에 있던 직원이 영어를 모어로 쓰는 사람이었다면, 하이파이 어쩌고 하는 내 말에 당장 얼굴을 찡그리며 왓? 혹은 쏘리? 하고 되물었을지도 모른다.

언젠가 한 우즈베키스탄 친구가 이렇게 투덜댄 적이 있다. 자기가 한국말로 말하면 베트남이나 몽골 사람들은 무슨 뜻인지 다 알아듣는데 한국 사람만 못 알아듣는다고. 한국 사람인 내가 몇 번씩 그 친구의 발음을 못 알아듣자 답답해하며 한 소리였다. 답답한 건 바로 네이티브들인 것이다. 함께 낯선 말을 쓰는 거라면, 낯선 말은 종종 낯선 대로 좋다. 몇개의 단어와 보디랭귀지를 섞어 최선을 다해 뜻을 전하고 최선을 다해 귀를 기울이고 최선을 다해 맥락을 생각한다. 길거나 짧은 여정에 대해, 하는 일과 하고 싶은 일에 대해, 가족에 대해, 헤어진 애인에 대해, 젓가락을 잡는 방법에 대해.

김연수의 어떤 소설에는 인도 남자와 한국 여자의 대화법이 나온다. 인도 남자는 한국 여자에게 어설픈 한국어로 이야기를 한다. 한국 여자는 인도 남자에게 어설픈 영어로 이야기를 한다. 말더듬이가 되어 힘겹게 마음을 주거니 받거니 하는 동안 두사람은 친구가 된다. 친구란, 그렇게 되는 것이다. 서로 더듬느라 수평이 되는 동안, 서로 더듬거리기에 최선을 다하는 동안. 한쪽에게만 익숙한 말이 오가면 둘 사이에는 금세 위아래 질서가 잡히고 만다. 양쪽 모두에게 익숙한 말이 오가면 그 익숙함 때문에 어느 결엔가 무성의해지고 만다. 한 귀로 듣고 한 귀로 흘리는 대화가 어디 한두번이던가. 어쩌면 더듬는 말들만이 우리로 하여금 귀를 깊이 기울이게, 또 공들여 입을 열게, 그래서 마음과 마음을 좀더 가까워지게 할 수 있는 건 아닐까. 나 스스로 말더듬이가 되어 있는 여행지에서는 그런 생각이 드는 것이다.

내친김에 아예 나는 어떤 이상한 나라를 상상해보기로 한다. 그 이상한 나라에서는 열두살 이전에는 모어만을 써야 하고 열다섯살이 넘으면 모어의 공적인 사용이 금지된다. 열두살과 열다섯살 사이의 삼년 동안만 아무 말이나 쓸 수 있는 자유가 허용된다. 공용어는…… 대략 세개 정도가 있다고 해두자. 하지만 동시에 함께 쓰는 일은 없다. 중등 이상의 교육기관과 관공서, 매스미디어에서는 이 세개의 공용어를 삼년마다 한번씩 번갈아 사용한다. 익숙함은 곧 편협함으로 흐른다는 것이 이 나라 도덕률의 기반이기 때문이다. 만약 열두살이 넘기 전에 모어가 아닌 이 공용어들중의 하나를 익히면, 다시 말해 공용어에서 모어의 흡족함을 얻을 여지가 조금이라도 생기면, 그 아이는 이 나라에서 추방을 당한다. 또 열다섯살이 넘어서도 외설스럽게 아무 데서나 배냇적부터 써오던 편한 말을 쓰면 삼년 징역형을 받고 감옥에서 강도 높은 공용어 교육을 받는다. 그러니 유년기에 익힌 말 하나로는 이 이상한 나라를 살아갈 수가 없다.

모두가 말더듬이인 나라. 모두가 말의 이물감으로부터 자유로울 수 없는 나라. 나를 낳고 기른 바로 그곳을 타향처럼 살아야 하는 나라. 아무도 말의 권력을 누릴 수 없는 나라. 누구나 말의 가난 속에 있는 나라. 그런 이상한 나라에서 나는 어떤 간절한 눈빛으로 너를 바라보고 있을까. 혹은 피곤한 얼굴로 손사래를 치며 그저 말문을 닫아버릴까. 이것도 여간한 억압은 아닐 테니, 공기처럼 숨 쉬기 좋은 말을 꿈꾸는 자유주의자들은 어떤 엑소더스를 준비하게 될까. 지하의 레지스땅스들은 어떤 비전의 혁명을 도모하게 될까.

그러나 나는 이제 겨우 라오 땅에 왔다. 빡벵이라는 마을에서 처음이자 마지막일 밤을 보내고 있다. 티브이를 켠다. 배두나가 나온다. 윤종신도 나온다. 이게 뭐지? 간신히 기억을 더듬어 「봄날의 곰을 좋아하세요?」라는 오래된 영화를 생각해낸다. 한국에서는 십몇년 전쯤 극장에 잠깐 걸렸다가 곧장 비디오가게로 직행했던 영화다. 대형마트에서 일하게 된 배두나는 유니폼을 입고 머릿수건을 쓰고 다른 판매직원들과 함께 교육을 받고 있다. 고개를 깊이 숙이면서 인사하는 연습을 한다. 더빙된 목소리는 한 단어를 반복한다. 콥쿤카. 콥쿤카. 내가 태국을 떠나 라오스로 출발하던 날 아침에야 간신히 입에 붙인 유일한 태국말이다. 감사합니다. 감사합니다. 그 익숙함이 반가워, 그 뜻조차도 나는 '반갑습니다'로 받아들일 것 같다. 익숙하고 편한 말을 거부하는 이상한 나라를 기껏 생각해보고도, 반가움은 결국 입에 붙은 것과 눈에 익은 것 쪽으로 기운다. 무색하다.
영화에 입혀진 태국말은 더빙이라기보다는 차라리 동시통역

우항소라병의 저물녘.
매콤 강 서쪽으로
해가 진다.

쪽에 가깝다. 배우들의 목소리가 들리면 일이초쯤 후에 한명의
성우가 그것을 태국말로 옮긴다. 말과 말 사이의 시차. 나는 그 사
이에 있는 게 아닌가 싶은 착각이 잠시 든다. 라오에서 보내는 첫
밤, 하필 라오말이 아닌 이웃나라 태국말이 입혀진 철 지난 한국
영화를 멍하니 본다. 태국을 떠나왔으니 이제는 식당이나 티켓
창구에서 콥쿤카, 할 일은 없을 텐데도 내내 입속으로 콥쿤카를
우물거리고 있다.

　다음 날 나는 체크아웃을 하며 생각 없이 콥쿤카,라고 인사했
다. 전날밤 나의 '하이파이'를 '와이파이'로 제대로 알아들어주었
던 직원은 살짝 눈을 흘기며 라오에서는 '콥짜이'라고 한다며 말
을 고쳐준다. 쏘리. 그리고 나는 묻는다. 왓 이스 해피 뉴 이어? 아

하. 그녀가 웃으며 알려준다. 사바이디 뻬마이.

루앙프라방에 닿은 것은 한해의 마지막 저녁이 저물어갈 무렵이었다. 다행히 시내는 슬로우 보트 선착장에서 가까웠고 새해를 맞느라 거리는 골목마다 반짝이고 북적였다. 해피 뉴 이어. 사바이디 뻬마이. 밤이 깊도록, 새벽이 다가오도록, 확성기와 스피커를 통해 새해를 축하하는 루앙프라방의 노래가 들려왔다.

'몽'의 세계

루앙프라방에는 두 그룹의 몽이 있다. h가 붙는 몽(hmong)과 k가 붙는 몽(monk). 밤의 몽과 아침의 몽. 여자 몽과 남자 몽.

h가 앞에 붙는 밤의 몽, 소수민족인 몽족(hmong) 여자들은 늦은 오후가 되면 다운타운의 이 끝에서 저 끝까지 좌판을 가득 펴고 늦은 해를 가려줄 천막을 친다. 야시장이 열린다. 길바닥에는 멋진 도안과 색감의 이불보, 티슈 커버, 앞치마, 크고 작은 파우치, 가방, 실내화 등이 끝도 없이 촘촘히 펼쳐진다. 낱낱도 낱낱으로 감탄이 흘러나오지만, 색과 모양과 크기가 서로 다른 물건들이 조화를 이루어 거리 자체가 차라리 하나의 설치예술품 같다. 여기가 야시장인가 노천 갤러리인가 어리둥절하다. 나는 매일같이 시장에 나가 둘러보고 또 둘러보았다. 이건 키스 해링 풍이네,

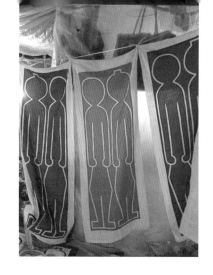

야시장에 걸려 있는 가리개.
나는 이 도안을 보며
키스 해링의 그림들을 떠올렸다.

이건 이케아 말 그림 원단 비슷하네, 하며 제멋대로 주워섬겼다. 탐욕이 동했다.

　하지만 이 '갤러리'의 진정한 개성은 화사한 조화로움과는 약간 다른 데에서 나온다. 이곳의 진열품들에는 대량으로 찍어낸 싸구려 기념품의 흔적이, 미적 안목과 능숙한 솜씨로 만들어낸 수공예 '작품'의 흔적과 기묘하게 공존한다. 용도를 갖춘 기본 형태는 질 낮은 원단을 재봉틀로 드르르 돌려 한꺼번에 만들어낸 게 분명하다. 끝단 처리는 엉성하고 안쪽으로는 지저분하게 실밥이 흐트러져 있다. 그러나 바탕감에 다른 천을 덧대거나 수를 놓아 마무리한 완성품은 하나같이 고유하고 정성스럽다. 추상 구상의 도안들은 몇종류로 한정되어 있지만 그것들의 크기와 위치, 색과 색의 대비, 바늘땀의 크기 등은 제각각 다르고 제각각 아름답다. 말하자면 캔버스가 아닌 누런 갱지 위에 한개의 모티프를 변주하여 여러 작품을 만드는 가난한 아티스트의 작업 같달까.

하긴 어떤 작가는 일부러 갱지 위에 작업할 수도 있을 테니, 조악한 바탕과 명인의 손길이 결합된 데서 오는 묘한 독특함이야말로 루앙프라방 야시장의 패브릭 제품들에 예술적 인장을 새기는 것일지도 모른다. 이태리 장인도 한땀 한땀 수를 놓지만 루앙프라방의 장인들도 한땀 한땀 수를 놓는다. 야시장에서 내가 사온 몇 개의 물건과 똑같은 것은 이 세상 어디에도 없다. 그것들을 소장한 사람은 내가 유일하다.

그러나 스스로를 예술가라거나 장인이라고 생각하지 않는 밤의 몽족 여자들은 가는 사람 잡지 않고 오는 사람 막지 않으며 좌판에 보탤 새 물건을 바느질하기도 하고 어린애에게 젖을 물리기도 한다. 색색의 동전지갑들을 진열해둔 채 책과 공책을 놓고 공부에 여념이 없는 형설지공의 소녀도 있다. 저 아이의 꿈은, 바느질을 하지 않아도 되는 다른 삶이겠지 아마.

나는 그 소녀의 어떤 미래를 상상해본다. 누군가 소녀의 총명함을 눈여겨본다. 소녀는 도회로 나가 제대로 공부할 기회를 얻는다. 어린 시절 익힌 기술과 안목을 바탕으로 재능을 발휘하여 빠리나 밀라노의 미술학교로 유학을 떠나게 된다. 그리고 할머니와 어머니들의 도안으로부터 영감을 받아 만든 작품들로 주목받는 화가나 디자이너가 된다. 전시회가 열리고 고가에 거래가 이루어진다. 라오를 빛낸 예술가로 떠들썩하게 소개되기도 한다. 그 미래에 예술가가 된 소녀는, 산골마을의 뜨락과 시내의 장터에서 바느질을 하던 할머니와 어머니들의 시간을 어떤 눈으로 돌아보고 있을까. 혹은 소녀의 할머니와 어머니들은, 예술가가 된 딸의 작품에 깃든 자신들의 흔적을 어떤 마음으로 바라보고 있을까.

루앙프라방의 밤거리가 몽족 여자들의 몫이라면 k가 뒤에 붙는 몽(monk), 그중에서도 소년 승려인 사미들은 주황색 법복을 입고 새벽과 아침 거리를 메운다. 세상에는 세 부류의 사람이 있다. 바로 남자, 여자, 그리고 군인이지. 케케묵은 이 농담을 따라 말한다면 루앙프라방에도 세 부류의 사람이 있다. 현지인, 외지인, 그리고 홍안의 견습 승려들이다.

저 애들 다 스님이 되는 거예요? 바랑을 메고 낄낄거리며 강변을 지나가는 두 동자승을 바라보며 나이 지긋한 숙소 여주인에게 물은 적이 있다. 아뇨, 산골의 가난한 부모들이 몇가지 먹을거리

강 건너 대나무 다리를 건너는 견습 승려.
우기가 되면
이 다리는 물에 휩쓸려 떠내려가기 때문에
해마다 새로 짓는다고 한다.
그래서 다리세를 받는다,
스님들은 빼고.

사원의 뜨락에서 열공 중인 두 건습 승려.
가까이 가서 홀깃 들여다보니 초급 일본어다.
"니혼고?" 하고 묻자
환하게 웃으며 고개를 크게 끄덕였다.

를 싸들고 와서 애들을 절에 맡겨요. 그 사람들은 애들을 학교에
보낼 수 없으니까. 절에서는 무료로 교육을 시켜주잖아요. 나이
가 차면 몇몇은 상급학교에 가기도 하지만, 이런 데서 일을 하는
경우가 아마 더 많지 싶어요. 여주인은 자신이 운영하는 숙소에
서 써빙도 하고 청소도 하는 선량한 얼굴의 청년을 눈짓으로 가
리켰다.

거리에서 혹은 사원에서 마주치는 빡빡머리 소년들의 나이를
가늠해보니 대략 아홉이나 열살 정도가 어린 축에 속한다. 꼬마
스님들은 나무 그늘에 앉아 절에 놀러온 보통 옷의 친구와 속닥

거리기도 하고 법당 바닥에서 부처님의 염화미소 아래 뒹굴거리기도 한다. 못 말리게 귀엽다. 골격이 크고 키가 훤칠해서 형님 포스가 풍기는 축도 얼굴은 앳된 티를 벗지 못했으니 열예닐곱을 넘기지는 않았을 것이다. 그 기간 동안 소년들은 탁발 공양을 포함하여 하루에 아침과 점심, 두끼의 식사를 한다. 빨고 쓸고 닦는 일과 함께, 읽고 쓰는 것과 간단한 외국어와 부처님 말씀을 익힌다. 우연히 발길이 닿았던 한 사원에는 본당 뒤쪽에 벽이 트인 교실이 있었다. 칠판에는 영어 복수형에 대한 수업의 흔적이 남아 있고, 그 옆 별채의 알림판에는 일과 시간표로 보이는 종이가 압정으로 꽂혀 있다. 그렇게 배운 것들을 한줌의 밑천으로 삼아, 소년들은 법복을 벗고 머리를 기른 다음 게스트하우스나 레스또랑이나 로컬 여행사의 직원이 되어 속세의 삶을 살아가게 될 것이다.

세겹의 시간

　　　　　반백의 머리를 곱게 빗어 하나로 묶은 숙소 여주인 C는 첫인상만으로도 많이 배운 사람이라는 것을 금세 알 수 있었다. 올해 예순다섯이라는 그녀는 루앙프라방에서 나고 자라 수도인 위앙짠(비엔티안)에서 오랫동안 의사로 일했다고 한다. 은퇴 후 고향집을 개조해 게스트하우스로 운영하기 시작한 것은 약 사년 전. 일곱개의 침실에 주방과 응접실을 갖춘 이 이층

집은 육십오년 전에는 그녀가 태어났고, 그 훨씬 전부터 그녀의 어머니와 할머니가 살아왔던 곳이라고 했다.

C는 프랑스어에 능통했다. 예순다섯이라면 라오스가 프랑스로부터 이제 막 독립국의 지위를 얻어가던 1948년 혹은 1949년에 태어난 게 된다. 그러나 그후로도 오랫동안 프랑스의 그늘은 깊고도 넓게 라오 땅에 드리워져 있었던 터라, 배울 기회를 충분히 얻을 수 있던 아이들은 계속해서 프랑스어로 말하고 쓰는 법을 배웠다. 왕궁에서 걸어서 겨우 오분 정도 거리에 강변을 낀 이런 집을 지니고 있었다면 C의 가족은 분명 넉넉하고 윤택하게 살림을 꾸릴 수 있었을 것이다. 정말 근사한 목조주택이다. 천장은 시원스레 높직하고, 방마다 한쪽 벽 전체를 차지하는 여닫이 접이식 창문이 칸 강 쪽을 향해 나 있다. 남향이라 햇빛도 좋다. 창문의 앞쪽으로는 탁자와 안락의자가 놓인 발코니가 딸려 있어 책을 읽거나 맥주를 마시기에 그만이다. 오십몇년 전쯤 소녀 C는 바로 이 자리에서 프랑스어 숙제를 하고 샤를 뻬로의 동화를 읽었을지도 모른다.

C는 또한 러시아어에도 능통했다. 젊은 시절의 칠년 동안 모스끄바에서 의학을 공부하고 수련의 생활을 거쳤다고 했다. 그때는 바야흐로 새로운 라오스, 그러니까 1975년 공산주의 정권이 수립한 라오인민민주주의공화국의 시대였다. 왕정은 무너졌고 왕가 사람들은 종적을 감췄다. 프랑스의 그늘이 걷히고 소련과 베트남

수앙트라방의 수파누웡 대학교
수파누웡은 왕자였고 공산주의자였고
라오인민민주주의공화국의 초대 대통령이었다.

의 그늘이 새로 드리워졌다. 의욕에 차 있던 신생 혁명정부는 교육과 의료 부문에 많은 투자를 했다. 그 격동의 소용돌이 속에서 C는 낙후한 조국을 위해 인민의 건강을 돌보는 사람이 되고 싶다는 꿈을 품었다. 다행히도 그녀는 사회주의 종주국의 선진 의학을 익히기 위해 유학을 떠날 수 있을 만큼 영특하고 촉망받는 젊은이였다.

인생의 절반을 라오 왕국에서, 또 절반을 라오인민민주주의공화국에서 살아온 C는 지금은 프랑스어나 러시아어보다 영어를 쓸 일이 더 많다. 루앙프라방을 찾는 여행객들은 점점 늘어나고, 최빈국 라오스에 무슨 무슨 설비 지원을 하러 오는 일행들도 가끔 그녀의 숙소에서 묵는다. 루앙프라방에 있는 수파누웡 대학

말이죠, 그건 한국정부의 펀드로 세워진 거예요. 고마운 일이죠. 내가 한국에서 왔다는 걸 알았을 때 그녀가 처음 한 말이었다.

그녀는 라오스의 미래에 대해 근심이 많았다. 싱가포르에서 경제학을 전공하고 있는 딸이 학업을 마치고 귀국하면 함께 가난한 아이들을 위한 학교를 만들고 싶다고 했다. 특히 여자아이들. 여자애들은 절에서도 받아주지 않아요. 배울 데가 없어요. 안타까워요. 딸도 나랑 같은 마음이에요. 그녀는 열심히 공부하는 딸을 자랑스러워했다. 젊은 시절 의대생이었던 그녀가 그랬던 것처럼 딸도 포부가 크고 매사에 성실했다. 다만 모스끄바에서 무상으로 공부할 수 있었던 삼십몇년 전의 그녀와 달리, 딸의 싱가포르 유학비는 그 적잖은 부분이 숙소를 운영해 번 돈으로 충당되고 있었다.

소외의 굴곡

사까린. 시사왕웡. 루앙프라방 왕가의 유품과 사진이 전시되어 있는 왕궁박물관을 둘러보고 나서야 거리 이름이 눈에 들어왔다. 한때는 왕궁이었다가 사회주의 혁명 이후 박물관이 된 이곳을 중심으로 다운타운의 동쪽은 사까린 길, 서쪽은 시사왕웡 길이라 불린다. 사까린 길에는 고급 숙소와 식당, 와인 바 등이 몰려 있다. 부띠끄도 두어개 있다. 야시장이 들어서

는 시사왕웡 길은 좀더 왁자하다. 노점 음식들이 늘어선 먹자골목도 저렴한 게스트하우스들도 이쪽에 자리잡고 있다. 사까린과 시사왕웡. 양쪽 모두 왕의 이름이다. 그리고 아버지와 아들이다. 이렇게 놓고 보니 거리의 이미지 자체도 한쪽은 다분히 점잖고 한쪽은 훨씬 더 활달하다는 느낌이 든다.

1887년, 장년에 접어든 왕자 사까린은 늙고 병든 부왕과 함께 루앙프라방을 떠나 방콕으로 피난길에 올라야 했다. 비적의 급습 때문이었다. 이들 왕가를 도운 건 항해 전 루앙프라방 땅을 처음 밟은 오귀스뜨 빠비. 이 프랑스 남자는 루앙프라방의 고즈넉한 풍경에 매혹되었던 것 같다. 반쯤 뭍으로 끌어올려진 보트들과 널대에 주르륵 매달려 있는 마른 그물들. 메콩 강으로 합류하는 칸 강의 빠른 물살과 시원스런 물소리. 사원과 탑에는 빛바랜 낡은 기와가 얹혀 있었고, 대나무와 야자수 잎으로 지어진 오두막들은 소박하고 수더분했다. 1886년의 루앙프라방이라. 까마득한 곳의 까마득한 시간이다. 그러나 2012년의 루앙프라방은 1886년의 루앙프라방으로부터 생각만큼 멀지는 않다. 엎치고 메쳐진 청계천과 달리 메콩의 강변으로는 여전히 험한 산세가 이어지고 어부들은 흙빛 물에서 고기를 잡는다. 새마을과 뉴타운에 화끈하게 점령된 서울과 달리 그곳에는 많은 이들이 여전히 낡은 오두막과 수수한 목조가옥에서 살아간다.

루앙프라방 왕가의 피신과 귀환을 도운 오귀스뜨 빠비는 이후 본격적인 라오 땅 탐사에 나섰다. 호기심 많은 탐험가이자 프랑스령 인도차이나 식민국의 관리로서 그는 지도를 만들고 열정적으로 풍습과 언어를 채집했다. 비로소 식민 당국과 자본가들의 관심도 라오 땅으로 쏠리기 시작했다. 단 그 관심은 오래 지속되지 않는다. 사까린 왕이 죽고 그의 아들 시사왕웡이 열아홉의 나이에 대를 이을 무렵, 프랑스 식민국은 라오 땅에 대한 기대를 접는다. 식민지 경영에 필요한 인프라를 구축하기 위해서는 할 일이 태산이었는데 땅은 넓고 길은 험했으며 노동력은 터무니없이 부족했다. 아무리 해도 손익분기가 맞지 않았던 것이다.

사이공과 파리에서 학교를 다니며 근대 유럽을 몸소 체험한 시사왕웡 왕은 그런 프랑스가 싫지 않았다. 근대 문명의 이기(利器)

들은 식민지 네트워크를 타고 때때로 루앙프라방으로 흘러들었
고, 프랑스인들은 왕실의 주인으로서 그가 지닌 자부심을 크게
건드리지 않았다. 시사왕웡 왕은 전통 복식과 철 지난 유럽 스타

일이 뒤섞인 괴이한 성장(盛裝)을 하고 가끔씩 자신을 알현하러 오는 벽안의 손님들을 만났다. 실수를 하지 않을까 조심하며 준수한 프랑스어로 말을 했고, 포드를 타고 함께 드라이브를 나가기도 했다. 유순하고 상냥하다 못해 착한 학생처럼 고분고분하기까지 한 왕에 대해 손님들은 호감 어린 호기심을 느꼈다. 또 궁궐을 나가서는 왕의 백성들이 노래와 옛이야기를 즐기며 악착스럽지 않게 살아가는 모습에 다시 호감 어린 호기심을 느꼈다. 손님들의 마음은 거기까지였다. 예수님을 믿지 않건 한참 일할 시간에 낮잠을 자건 아편에 취해 있건 그런 것들은 손님들이 관여할 바가 아니었다.

아마 그 적당한 무관심이 지금의 루앙프라방을 있게 한 것일지도 모르겠다. 오래된 절과 가난한 오두막과 프랑스풍의 건물들이 사이좋게 공존하는 작고 참한 도시. 오귀스뜨 빠비가 1886년에 보았던 풍경을 간직한 채로 조금 더 안락하고 청결해진 마을. 그러나 이제는 거꾸로, 그 무관심이 만들어낸 풍경을 찾아 외지인들의 관심이 몰려온다.

현지인들은 노동을 하고 이방에서 온 여행자들은 놀거나 쉰다. 제법 큰 관광지나 휴양지라면 어디나 그런 법이니 루앙프라방이라고 해서 별난 예외인 것은 아니겠다. 나는 해주는 밥을 먹었고 타주는 커피를 마셨다. 청소해준 방에 들어가 잠을 잤고, 발이 피곤해지거나 어깨가 무거워지면 마사지도 받았다.

다만 여기서는 그게 좀 묘했다고 해두자. 루앙프라방은 딱히 휴양지도 관광지도 아니다. 근사한 해변이나 온천이나 스키장이 있는 것도 아니고 절경이 펼쳐진 것도 아니다. 눈에 불을 켜고 돌아다녀야 할 유적지가 널린 것도 아니다. 도시 전체가 유네스코 문화유산으로 지정되었다지만, 건축양식에 조예가 깊거나 불심이 특별히 돈독한 사람이 아니라면야 남방불교의 사원이 아무리 이국적이라 해도 두서너군데를 돌아보고 나면 심드렁해지게 마련이다. 하지만 바로 그게 루앙프라방의 매력이기도 하다. 시골의 소박한 정취와 도시적 편의가 공존한다는 것. 낯설되 호들갑스럽지 않고 불편하지 않으면서 또한 물가가 저렴하다는 것.

루앙프라방은 시간이 느리게 흐르는 곳이라는 말을 종종 듣곤한다. 제 나라에서의 하루치 씀씀이로 사흘이나 나흘을 지낼 수 있는 여행자들에게는 확실히 슬로우 모션 효과 비슷한 것이 있는 듯하다. 다만 이곳에서 삶을 살아가는 이들에게도 그런지는 잘모르겠다. 상대속도가 아닌 절대속도의 느림이란 어떤 걸까. 내가 알 수 있었던 건 그저 시내에서 이곳 사람들은 어른도 애들도 일을 한다는 것. 예닐곱살쯤 된 꼬마들은 액세서리나 군것질거리를 펼쳐놓은 판자를 들고 다니면서 손님이 될 법한 사람 앞에 내민다. 중학교를 다니는 소년은 학교를 마치고 돌아와 게스트하우스의 자질구레한 일들을 거든다. 열몇살쯤 되어 보이는 소녀는

마사지 숍에서 뼈가 가는 손으로 손님들의 어깨와 등과 발을 주
무른다. 웃는 얼굴로. 혹은 순박함이 가시지 않은 얼굴로.

　루앙프라방에서 나는 약삭빠른 장사치를 거의 보지 못했다. 소
매치기를 만나지도 않았고 소매치기를 조심하라는 말도 듣지 못
했다. 한푼 줍쇼, 구걸하는 거지를 마주친 적도 없었다. 더불어,
환하고 아기자기한 다운타운에서 먹고 놀고 떠드는 라오 사람들
도 보지 못했다. 후미진 뒷길로 돌아들거나 강 건너 산골마을 쪽
으로 들어서야 옹기종기 모여 앉아 고기를 굽고 맥주를 마시고
노래를 부르는 모습이 보였다. 루앙프라방 시내가 루앙프라방 사
람들에 의해 들썩거린 건 내가 그곳에 도착했던 12월 31일, 새해
맞이를 준비하던 한해의 마지막 날 그 하루뿐이었다.

대학에서 관광경제학을 전공한다는 학생에게 설문지를 받은 적이 있다. 답변자의 신상을 적는 란에는 월수입을 묻는 문항이 있었다. 1. 100달러 이하 2. 101~300달러 3. 301~400달러 4. 401달러 이상. 400달러라면 한국돈으로 사십오만원 정도 된다. 하지만 이 수치도 라오 사람들의 수입을 기준으로 한 것 같지는 않다. 몇 년 전까지 공무원이었다는 오토바이 렌털 업소 주인은 그 당시 자기가 받은 월급이 60달러 정도였다고 했다. 화폐로 환산된 노동력의 낙차가 까마득하다. 그 낙차가 운집과 산개의 에너지를 만드는 법이라, 이곳에서 현지인들은 벌고 외지인들은 쓴다. 게토도 아니고 출입금지 푯말이 어디 붙어 있는 것도 아니건만, 보이지 않는 막이 현지인과 외지인의 경계를 예리하게 가른다.

물론 이제 어디나 소외가 없는 곳은 없다. 자연산 전복을 딴 해녀는 그것을 덥석 제 식술들을 위한 밥상에 올리지 못한다. 체어맨을 만드는 노동자가 체어맨의 소유주가 되는 일도 흔하지 않을 것이다. 다만 루앙프라방의 소외는 좀더 깊고 선명해 보인다. 땅이, 그 땅에서 나고 자란 사람들을 소외시킨다.

그게 딱히 불행이라 생각되는 건 아니다. 쩨쩨하게 하나하나 비교하고 따지고 드는 대신 이런 삶도 있고 저런 삶도 있겠거니 느긋하게 받아들일 수도 있을 것이다. 한쪽에서는 벌이가 좀더 쏠쏠해지고 한쪽에서는 맘 편하게 좋은 시간을 보낼 수 있으니 일종의 윈윈이랄 수도 있겠다. 하지만 자본의 물결에 가장 덜 휩

쓸렸다는 나라 라오스에서, 대형마트도 스타벅스도 맥도널드도 없는 소박한 루앙프라방에서, 거지도 소매치기도 없는 땅에서, 그악스럽지 않은 사람들 속에서, 하필 깊디깊은 소외의 한 장면을 목격한다는 건 슬픈 아이러니다.

누구나, 이방인
느리고 낯설게, 작가들의 특별한 여행수첩

초판 1쇄 발행 • 2013년 10월 30일

지은이/이혜경 천운영 신해욱 손홍규 조해진 김미월
펴낸이/강일우
책임편집/윤자영
펴낸곳/(주)창비
등록/1986년 8월 5일 제85호
주소/413-120 경기도 파주시 회동길 184
전화/031-955-3333
팩시밀리/영업 031-955-3399 · 편집 031-955-3400
홈페이지/www.changbi.com
전자우편/lit@changbi.com